我喜歡這樣的生活

果子離

目次

輯二　孤獨者的日常與非常

輯三　書房的門裡與門外

輯四　那個時代的光與黯然

推薦序

路上觀察家的散步風景

陳雨航（作家）

世紀初，網路開始興盛的當兒，很出了一些「引領風騷」的網路寫作者，我就是在那時候知道果子離的。

果子離談書，談作家，談出版社，談書店，談業界名人，談出版現象，談文化……。總之，他主要是談閱讀這件事，而且對整個產業的理解很具現實感。前此沒聽過這號人物，也就自然的留心起他來。後來有朋友告訴我他的本名，原來我們曾經隔了段距離打過照面的。果子離並非橫空出世，算算在世紀初，這位作家已經專職寫作超過十年了。

崛起於網路，果子離從（前部落客時期）明日報個人新聞台的堡壘「一座孤讀的島嶼」，編選了一本同名的實體書。於讀書界，那真是一本響亮又貼切的書名。於果子離，你會覺得名實都代表了他，至少我是這樣認識他的。

一直覺得果子離的角色是路上的觀察家。我說的「路上」其實有著延伸的範圍，果子離自承日日面對網路，散步在雲端，各種河道的討論，流行的題材和話語，莫不能在第一時間內掌握。雖然說不想掌握那些流行語也沒太大關係，但能把「哈拉」、「致力脫魯」、「隨意唬爛」和「一聲阿姨，喊碎了多少玻璃心」活化在他的篇章裡，自然逸趣增生，與他說的「文言文、白話文，只要想讀，就是好文」有相近的意思。

新作《我喜歡這樣的生活》文字犀利一如既往，很不同的是他花了多數的篇幅交代他的往事和自身的生活樣貌。這些果子離的「花憶前身」，談他一些癖性的初始，布袋戲的情緣，閱讀與觀影的興趣是怎樣養成的，談他年輕時「浮浮與沉沉」的工作，也談到了八〇年代。

台灣的八〇年代是文化隨著政治鬆動開始解放的時代，因著思想和表達技術的成熟，在文學、歌曲、電影等藝術上澎湃的表現，自然深深影響了二十歲世代的果子離，他優游於其中，心思抑揚翔潛，八〇年代結束，他決心離開職場。「離開職場，而能活著」，職業寫作生涯於焉開始。然後一去三十年，雖然他認為在網路時代「當一名快樂的閱讀者，愈來愈容易；反之，當個快樂的寫作者，愈來愈困難」，又因何還能說出「我喜歡這樣的生活」？

從過去的《一座孤讀的島嶼》到《散步在傳奇裡》，果子離習於談書、談作家、談閱讀，這本《我喜歡這樣的生活》在這方面依然不欠奉。

我對其中的〈我所記得與不想記得的李敖〉與〈一名景美女學生未交代的遺言〉兩篇特別有感。前者敘述了果子離佩服李敖才氣文筆，讀了李敖所有的書，對他的光采與陰影做了自己犀利的評價。後者則是介紹了一位大學生詩人楚放，他在一九八一年外雙溪水難導致十五位學生死亡時，以一位罹難者的口吻落筆為詩，後來這位詩人沒有繼續成為文藝青年，而是投入反杜邦、反核以及農運等活動，最後從事社區重建與營造工作。

作家為文，或隱或顯，筆下自有春秋，知名作家與不知名的詩人，果子離都沒忘記。

回到散步，實體的散步。果子離搭捷運、逛書店、上咖啡館，更多的時候，他在住家鄰近走街串巷，或到城南堤外，帶著與愛犬的回憶，跑步……

他最美麗的散步風景寫在〈小街長巷〉同安街紀州庵以及周邊文學公園那一段：「人在此處，心沉澱下來，漸漸沉定，沉靜，喧囂紛擾都隔絕在外。若從捷運站走過來沿途所見是一部短片，那麼走到紀州庵文學森林，便是個Happy Ending，而它不需片尾曲，只要風聲、鳥鳴與陽光灑落樹葉的音韻，以及每個人靜下來之後，所聽到的，自己心底的聲音。」

或許我能體會「我喜歡這樣的生活」是什麼意思了。

推薦序

經驗匱乏者的小歷史

楊佳嫻（作家）

駱以軍小說《西夏旅館》隨書附贈一小冊，《經驗匱乏者筆記》，果子離說他極愛這個書名，蓋亦適於自道也。何以經驗匱乏？本書第一輯「謀事的浮浮與沉沉」中，已給出解答。他在三十一那年離開職場，從此後過自己喜歡的生活，有風險，不穩定，然而自主程度相對高些；出門閒晃或覓書，在家寫字讀字藉網路觀覽眾生，和大社會保持某種距離，他的日常與世界多半從書本來，從散步來，而非從經驗來。

當然，這並非天真之語。如同魯迅所說，女性爭取經濟權，不代表就此大解放，「無非被人所牽的事可以減少，而自己能牽的傀儡可以增多罷了」；不做俛仰於特定機構的職員，不「吃人頭路」，也不代表就得大自由，只是被人所牽的事可以減少罷了，多去掉一條傀儡線，總是好的。果子離「自認不是蛟龍，不用遨遊大海，但也不應困於浴缸」，尋覓自足與逍遙，而這種清晰的自我指認，也使他在若干生活與志趣上，如〈我的素胃時代〉裡寫的，產生「異端的快感、少數的樂趣」、「不被了解的快樂」。

當代寫作人唯恐被說「離地」，優游於非柴米現實的天地，幾乎成了道德問題。自認在書本中比在書本外更快樂的人，算不算離地？果子離喜愛的作家西西，在上世紀九〇年代發表香港寓言《飛氈》，脫離地心引力，逸入時間深簾，彷彿與歷史和權力躲貓貓似的，肥土鎮逐漸取消了自己，留下空白頁——最「離地」的「種地書」，卻把肥土鎮／香港種在讀者心裡了。讀書給予人一種輕逸的能力，就像飛氈，通達不曾去過的地方、難再經歷的時代，以及同時同地的側面與背面。

從《一座孤讀的島嶼》、《散步在傳奇裡》到《我喜歡這樣的生活》，果子離一貫以讀書定位自我，並映射時代。「孤讀」不孤，網路時代裡也許還是容易找到鄰人；「散步」能縫合身體與地方，也標示了台北城南在文學史上的傳奇性；本書則標舉出「我喜歡」，散文家之我更為突顯。

和慣常看到的文學家談閱讀不同，果子離讀書眼不限於文史類別。昔日夏宇回答訪問者，說「有時不讀詩，讀《祕術一千種》」，使這部書跨出怪力亂神進入文學的異想世界，成為包括在外的祕笈。張愛玲〈談看書〉長篇累牘寫閱讀人種學書籍，讓張迷們認識偶像另一面。最愛是現代詩與歷史，但果子離讀書範圍涉及辦公室文化、趨勢預測、商業經營、棒球、生機飲食、影壇祕辛等等，因為雜食，不至耽美與天真，雖然早早脫離職場，卻仍保煙火氣。

全書讀來最過癮，我認為是〈我所記得與不想記得的李敖〉、〈我與布袋戲的半世情緣〉。李敖是台灣一九六〇年代以來最爭議的文化人物，多少人在他尖銳質疑傳統和社會的文字中驀然打開心眼，他的著作與行動，可以看成是五四激烈反傳統思潮的延續。這方面已有太多人替李大師註腳。果子離想談的，卻是知識分子的多面性，一個在戒嚴時代甘冒政治大風險的勇者，何以卻同時鬧出侵占他人財物、近乎翻臉敲詐的行徑？文中說他「睚眥必報」，這復仇嚴苛的靈魂或使人想起魯迅，下一句卻是「死纏爛打」，甚至以訴訟為日常，還以此進帳。有其精明之處，卻與馮滬祥之流為伍；敢說敢做，同時也敢於誇大來自我宣傳。更何況其沙豬之程度，在今日早在網路輿論上被撻伐到灰飛煙滅了。談李敖文可見到果子離對之抱有愛與敬，困惑與痛惜，且全篇引證豐富，文氣踢躂快速，大有激石湧流之勢，寫李敖正需如此。

布袋戲文則從學習台語引入，戲中台語文使用能雅能粗，靈活非常，但是，布袋戲不單單是常民娛樂，也牽動國族與道德的敏感神經，神怪暴力加上台語文，成了受管制打壓的對象。果子離特別拈出真假仙和恨世生兩個角色，前者諷刺人世，嘻笑中有寄託，後者則因愛受辱，性轉乖戾，愛恨絞纏難解，恨世實因愛深。無論如何，幾經政治打壓，布袋戲今日仍被認定為台灣文化象徵，且生命力昂揚，表演形式與技術又隨時進化，野草泛出金光。這兩篇文章都強調「有我」，是我的「偏見」，有偏則可見到經歷、性格和愛惡，最好看。

實用主義掛帥，並講求速效，CP值不高的事情不想浪費時間，以讀書來通往世界，其實是反速度的。《我喜歡這樣的生活》也正是歲月的產物，時代與書相互牽引成網絡。往往愈讀我們就覺得掌握得愈少，然而理解與感受又仍不斷增加，這矛盾帶來滿足也帶來危懼，愛閱讀沉迷閱讀的人在心內因此生出曠原，星空，高塔，懸崖，人多麼渺小啊，可是認知到渺小也意味著認知到人以外的巨大，那就是讀書人難以言說的快樂。

代序

我喜歡這樣的生活

1

自從三十出頭，離開職場，以文字工作為生之後，偶有好奇者探問，怎麼年紀輕輕，便退休了？應當是四海壯遊、男兒志在八方的年紀，卻成天窩在家裡，當宅男兼奶爸？

為何離職以及如何餬口？這與我因何取名果子離？為什麼吃素？並列為關於我的人身三大疑難。也有人心嚮往之，問如是生活需要什麼條件？這沒什麼好說的，若非熟人或交心者，我都隨意唬爛，鮮少正面回應。

是真的沒什麼好說。我不是什麼暢銷作者、知名作家，更非成功典範，賺不到錢，成不了名，不足為外人道。更遑論我的生活模式和心態——我沒有海闊天空的心志，沒有為五斗米折腰的窘迫，我要的不多，夠用就好。在家待得住，名利看得淡，財務壓力不高，物質欲望偏低，凡事愈簡單愈好。這些恐怕不是積極進取、超前部署、追求成功、致力脫魯的有為之士所願。

因為喜歡簡單，很少為選擇所苦，勾選的幾乎都是基本款。我的日常生活簡單到甚至單調，而樂在其中，套一句詩人隱匿的詩句：「我想我會甘心過這樣的日子。」─甘者，甜美、樂意、美好也。心甘情願，是由於喜歡，沒有掙扎，沒有勉強。簡單，不是基於什麼理想或信念，不是刻意追求而來的姿態，而是習慣成自然，漸進形成的生活型態。

某日用餐，一大盤生菜沙拉，有各種醬料供選擇，我什麼都不要。同桌食客不解，問道，這樣不是無味無素（台語）嗎？有人說，不是無味，是草腥味。但我生菜不調味，已二十年了。

我後來思考這件事代表的意義。我最早接觸生機飲食時，打精力湯、蔬果汁，吃苜蓿芽、豌豆苗，芽菜和生菜的濃濃腥味聞之生怯，必須仰賴沙拉醬或鳳梨等甜味壓鎮。吃著喝著，日日月月，有一天發現，曾幾何時已經可以擺脫調料，接受原味了。

因此我吃火鍋不加沙茶醬、醬油，竹筍、白煮蛋、豆漿等，調味可有可無。無糖無鹽，淡，一樣有味。原味本身就是一味。習慣之後，多人所愛的重口味我避之唯恐不及。而這些改變是漸進的，雖然兼有健康考量，但久之成習且為喉舌所鍾，是因為能夠享受食物簡單的處理狀態，愈簡單愈好。常聞「吃食物，不吃食品」，是真理。

原味是食物的基本款。基本款，就是功能陽春，回歸簡單概念的設計。之前我的手機不上網，月租費六十六元，一用二十年。手機備而少用，有事都在家以電腦上網聯絡。近幾年人手一機，行止坐臥不離，每有友人不解，我既為網路重度依存者，一斷訊人際網絡斷絕，工作停擺，何以不從眾？但我從未有此需求，感覺不到出門上網的樂趣。直到去年訊號微弱，迫不得已換用智慧型手機，配的是最低網路流量一G、儲存空間十六G。承辦人員搖頭，這不夠用，你會後悔。然而，使用至今，綽綽有餘。手機不論上不上網，具備基本功能就是好機。換機潮拍打不了我的岸。

不收藏、不理財、不應酬、不過節，許多人花費在上頭的時間、財力，我都省下來了，因此，著作未曾暢銷，稿費足以過活；寫稿效率奇低，進度不曾落後。

2

開始專職文字工作的三十年前，無法想像今日網路直播可以賺錢，可以繞過副刊、文學獎，在網路寫出一片天。當時一度妄想以量產散文、小說，賺得副刊稿費養家。雖然自知難度極高，仍然抱存自古成功在嘗試的心理。兩度挑戰，各試一兩個月，筆有千鈞重，舉不起來。實力不夠，因緣未足，不得不放棄。

直到解嚴後，強控制解體，社會力爆發，出版界也出現變化，不再唯文學獨尊。我擬定「以鄉村包圍城市」戰略，跳脫文學領域，耕耘通俗歷史，站穩立足點後，再回返文學這一塊。

在家寫稿，不是退休，看似天天週休二日，反過來說，形同天天工作日。沒有年終獎金，沒有退休金，一分貨，一分錢，一如柏楊所云：猛寫十年不富，一日不寫就窮。但我喜歡這樣的生活，這是我所要的生活。

事業於我如浮雲，職業僅為了賺錢。這種「偏差」觀念，讓我對命運、對生活價值，自有想法。就說命相吧。

我媽熱衷於算命，滿腹算命經，話匣子一開，滔滔不絕。她不時拿著家族成員的個人八字，到命相館幫大家算，也希望子女能親自求神問卜解惑保平安。

年輕時我曾跟去算個兩三回，後不為例。是我鐵齒不信邪？或是像胡適思想進步之士對命理嗤之以鼻？

都不是。命理之事，真真假假，很難講，處於「信者恆信，不信者恆不信」光譜兩端的人恐怕不多，多數人像我一樣，半信半疑。我曾聽聞某些命運預測準確到不可思議，以「未卜先知」來形容也不為過。

但過去之事不必算，未來的事提早知道沒意義，至於改運，走投無路衰尾到家的人，或可死馬當活馬醫，嘗試看看。但我命不壞，除了發不了財、工作不穩、不能飛黃騰達。而這三個症頭是同一源頭。

我媽憂心我寫不出名堂，赴苗栗某某半仙那裡，幫幾位家族成員帶回新的名字，我也領到一份。但我沒用。一來覺得不好聽不甚喜歡，再者，我相信，世間沒有一個名字，好到讓萬事順遂。顧此必然失彼，有一好沒兩好。

比如說，改名後，發了財，出了名，看似春風得意，但可能這個筆畫的名字，會讓家庭失和，影響健康。諸如此類，禍福相倚，各種排列組合，都有可能。

假設改名真的可以改運，運氣變好之後你希望得到什麼？哪些是你不希罕的？首要追求的、可以犧牲的，是哪些？

因為有此因緣，此後多年，我留意改名者的事蹟，有些之後諸事大吉，有些命運令人唏噓不已。撇開為之改名的半仙功力高下等因素，也許怎樣的人生才算好，眾人認知不同吧。此事說來話長，簡單說，就是算命改名牽涉到生活價值觀，金錢、健康、名聲、家庭、愛情，得失輕重之間，何者是當事人所盼望或不以為意的？

我，一個沒什麼事業心的人，無法理解有人以公司為家，不能認同治水三年過家門不入。年輕時期，在朱天心《擊壤歌》讀到一則性向測驗：在一座森林裡，河流西岸住著三個男孩B、S、H和女孩L，東岸住著另一個男孩M。四個男孩都愛女孩L，但女孩愛的是對岸孤身的M。一次M得了重病，女孩L急著探望，但她不會渡河，只得求助於B、S、H。B和H都不願幫助L見到情敵，只有S願意，但是他要L的貞操為條件，L探病心切，只好答應。L過河見到M後，M很感動，卻無法接納她曾向他人獻身。後來，B遠赴他鄉發展，S仍然我行我素、若即若離，只有H不顧一切，娶L為妻。

讀完這個故事，對B、S、H、L、M五人的好惡程度，按次序排列下來，可約略看出個人所重視的事。M代表道德（Moral），L代表愛情（Love），B代表事業（Business），S代表性（Sex），H代表家庭（Home）。

從以前到現在，我的次序不變，排前三名的都是L、H、B，情感與家庭重於事業。這不是「英雄氣短，兒女情長」嗎？向來被視為負面的詞語，隨著閱讀與閱歷愈多，我愈覺得人生本該如此。

愛美人不愛江山，寧可當家庭主夫黃臉公，也不想成為上市公司老董。這樣的人生選擇，在他人眼裡註定成為「魯蛇」，然而，有稿可寫，有書可讀，安定平穩，不需風浪考驗，此生足矣。我要的，人家不要，人家想的，我無感。富貴不是浮雲，能從天上掉下來最好，若掉不下來，還要汲汲追求，浮雲變成烏雲，何苦呢？

3

最常用的身分自介是「文字工作者」，至於是什麼工作，儘管寫稿為生，但與其說是寫作者不如說是閱讀者，多數文字於閱讀後有所感而化出。我沒有曲折豐富的生涯，不像有些人遍遊天下行萬里路，或交遊廣闊，四海之內皆兄弟姊妹。駱以軍有一本小說別冊《經驗匱乏者筆記》，這書名我超愛，我就是經驗匱乏者。我也想像長輩所勸說的那樣，多出去走走，增廣見聞，但個性本非外向，無法強求，只好藉「讀萬卷書」取代「行萬里路」。

許多興趣是經由閱讀而萌芽的。例如，我是棒球迷，但我小學時期迷棒球，不是在學校參加棒球隊，也不是與鄰居街坊組隊玩玩，而是一本小書《無敵金龍》。當時金龍少棒隊勇奪世界冠軍，《中華日報》出版這本書，內含十四名球員點將錄、各場國際賽事過程報導與攻守紀錄，我讀得津津有味。還記得球員名單中有個選手，溫天壽，名字下方註明內野手。游擊我知道在哪個位置，中右左外野也顧名思義不難懂，但內野手站在哪個地方？我問爸爸，才知道內野手只是泛稱。

有此一問，可見我連觀賽經驗都缺乏。金龍以及更早的紅葉傳奇都是透過媒體與書本接觸。然而次年起，從國內選拔賽到國際比賽，電視轉播必看，報紙報導必讀，一路看下來，從少棒看到職棒，看了半世紀之久，說到棒球，口沫橫飛。一切因緣從一本小書開啟。

又如前述生機飲食。我先在報紙讀到歐陽光的事蹟報導，引發好奇，循線拜訪，之後聽歐陽光的兒子、推動生機飲食不遺餘力的歐陽英系列講座。再來就是書本的事了。我蒐羅相關書籍，一一閱讀，從理論到實作，種麥草、孵芽菜、打蔬果汁、堆肥，就這樣迷上食療，效法神農氏嘗百草的精神，記錄身體對食物的反應。有一陣子勤跑檢驗所抽血，確認飲食與身體機能的關係，藉以驗證書本的論點，遭致檢驗人員譏嘲：哪有人抽血這麼密集？

有一次《人間副刊》邀稿，以個人技藝為題，編輯原先設定與閱讀有關，但我不假思索，表達想敘述生機飲食的實驗之路，編輯答應，只不過事後另外刊登，並未在原定系列裡。可能他們認為這不算什麼技藝吧，然而我自鳴得意，認為文人多為弱書生，能懂食療能種菜孵芽，這才叫真本領啊。

閱讀是快樂的事，也是重要的事。重要，不在於因此增加多少知識，而是藉由閱讀，看見原來不可能看見的景物、人物與事物，發現與別人的不同，也發現與別人的同。看見不同，增加了廣度；看見相同，增加了深度。我的上一本散文集《散步在傳奇裡》（群星文化），列出屬於我自己的「傳奇書單」凡三十二本。傳奇書指的不是心目中的好書，而是對個人的人生有影響，或具有特別意義，或有情緣的書。這些書單構成生命的一部分，也是滋長的養分。閱讀就和吃喝拉撒睡一樣，是每日進行的反射動作。我喜歡以閱讀為軸心的簡單生活。

這樣的價值觀，註定了功不成名不就。有時參考名人的成功學，自知那是我三輩子都學不來的事物。

然而幾年前，與我小時候感情很親的舅舅，返美前來電敘舊，一開口就說：「你是個成功的人。」我回說，開什麼玩笑？舅舅說：「我的定義，一個人能夠多年來堅持一件事，就是成功的人。你一直在做你想做的事，所以你是成功的人。」

我當下凝咽無語。活了大半輩子，頭一次聽到有人這樣說我。

輯一

謀事的浮浮與沉沉

那一夜，包青天打電話給我

——記飄泊無依的職場一年

不太願意回顧那年的窮困潦倒，也很少訴說。三百六十行，我只想當編輯。行行出狀元，對我而言是空話，要出狀元先得入行才行，但那時找到工作入行，並不容易。雞首也好，牛後也行，只要有個與出版相關的工作，不要窩在家裡挨白眼就好。

那是尚未解嚴，新報社不得成立，每份報紙只限三大張的時代。編輯仍以剪刀漿糊、修稿校對為主業，也就是「企畫編輯」概念還沒成形。工作機會不多，以致人浮於事，心沉到底，令我感覺厭世。

那個時代，沒有人力銀行，沒有電腦網路，求職但憑報紙密密麻麻的分類小廣告，填寫履歷表、自傳，寄去，等候面試通知。隨著求職次數增多，自傳一份又一份抄寫，內容大同小異，自覺很蠢。

有些公司，久仰大名，因為應徵，而得以進大門，踏入辦公室，見到主管，吃不到聞香也好。有些公司還要筆試，題目或稀鬆平常，或千奇百怪，後來發現，從筆試題目類型大致可以看出一家公司的創意、組織力與企業文化。

世間萬事都是緣分，往往我嚮往的公司不要我，我不中意的公司很快錄取我。那年一月，我來到一家兒童雜誌社，面談次日便上工，如此輕易，毫無門檻，該不會上了賊船吧？

是，是艘賊船。

上班之後才聽說，這家公司薪水發不出來，發薪日給一張本票。我至今不知本票是什麼，也不知如何使用，只知道不時有離職員工來討錢，這不是賊船是什麼？

雜誌社的經理姓邱，負責刊物直銷，帶領業務員挨家挨戶登門推銷。他有意自立門戶，暗中招兵買馬，也從原公司裡挖角。他找了我。

老闆夫婦似乎聞到風聲，某日找我問話，我一逕裝傻。他們擺出一桌的法院傳票，表示債務纏身，望我體諒。但我一個月後終究帶著一張用意不明且最終不曾兌領的本票離職，到邱經理新開的兒童雜誌社上班。

這邱經理，做直銷的，一張嘴，天花亂墜，把公司前景講得光明燦爛。燦爛，不，更爛，連本票都開不出來。他做的是無本生意，在自家刊物誕生前，兩名直銷人日日出門掃街，所展示的雜誌是前公司的作品。我們的薪水來自訂單，而一開始訂戶人數是零，之後兩個月以個位數字成長。因此邱經理落跑了，自稱去南部調頭寸。員工憤而取走辦公室所有看得見的東西，美工拿走繪畫工具，聽說還是裡頭較為值錢的。

連在兩家公司做白工，我決定，之後只要有錢賺，什麼刊物都好。於是我來到一家雜誌社，不是兒童版，剛好相反，非常成人，俗稱八卦雜誌的那種刊物。它比《時報周刊》、《獨家報導》、《美華報導》、《翡翠》小咖。一進去就聽到社長嘀嘀咕咕，原來某名員工上任不久便跑掉了，我頂的是他的缺。社長警告我別學他那樣，我答應。雖然刊物主要內容無非明星腥羶、黑道江湖，我在裡頭格格不入，但不想再流浪或做白工了。

有一晚，公司只餘我一人，各處室黑漆漆，突然電話鈴響。接起來，聽到對方低沉含勁的聲音說：「我是儀銘。」熱天午夜我打了一個寒顫。

儀銘是誰？是我們不曾謀面但久聞其名的發行人。儀銘是發行人更是包青天。很多人看的包青天是金超群版，更早一代的包青天是儀銘演的。他沒有金超群那麼多表情，但道貌凜然，不怒自威。半夜聽到包青天自報姓名，彷彿一聲威武在耳邊響起。

我自省，連包青天都會把我嚇到，實在不應該在滿是牛鬼蛇神的八卦雜誌工作。

個性不合，勉強結合，很難長久。兩個禮拜後，我找到較適合的工作，便辭職了。社長擺張臭臉，我自知理虧，不好提錢的事，這一年第三個工作，同樣分文未得。

我事業心低，上班只求謀一口飯，儘管如此，一飯難求，遊走於幾家公司，飄泊無根，有志難伸。其間想過一些出路——擺個算命攤，本子翻一翻，加上一點點漢學基礎，唬唬人，似也不難。也曾想過翻譯，直到現在我都羨慕且佩服翻譯工作者，雖然辛苦，比起無中生有的寫作，至少一字一句翻譯，文有所本，且閱讀是快樂的事，翻譯就是閱讀加寫作的成果。但談何容易，英文不好，找英文教學的書，妄想速成，不可能。三個月後放棄。

或許因為經驗少，困擾多，我關注與職場、辦公室文化等相關的書籍文章，幾本書如王梅《上班打拼須知——87位智慧人的工作哲學》、《上班高手——自我經營50律》都看了好幾遍。那似乎是補償心理，或者是對神祕不可解之領域的探索。

那個說我怪怪的顏清標2.0

待過直銷為主的出版社。這家出版社營業額高，員工多（約八百人），老闆曾以台灣NO.1自豪。我聽到時嗤之以鼻，心裡想的是：「怎麼輪也輪不到你們啊。」（應該是「我們」，我們出版社，但認同感不夠，你我分得很開。）原因是這種書賣再多，再豪華，對出版趨勢、社會人文思想影響不大。既無影響力，實在也沒什麼好自豪的。

這是直銷出版社屬性，養那麼多業務員，賣的一定是單價高的出版品，且以套書為主力，一套成千上萬才回本。因此大都以地理風景、美術作品為主，偏向視覺系，帶來的思想啟蒙較少。

這類出版社以前有好幾家，台英社、錦繡、光復等，但各種出版現象觀察報告很少提及它們，例如金石堂「年度風雲人物」、「十大影響力的書」都不會提到它們的產品。雖然不公平，但這些書不會給金石堂店銷，在商言商，也無話可說。

曾幾何時，這些走直銷路線的出版公司大多不見了，垮的垮，收的收，但其實有些還在，只是常逛書店的人未必知道。

幾年前，我以作者身分走進一家公司，看到一包包豪華精裝圖書從倉庫載送出來，要分發到不同地方，我才再度見識到直銷市場的存在。然而這家出版社名字不會出現在任何媒體文化版裡。

但我和這家出版社接觸，與大部頭套書無關，他們兼做店銷書，健康養生書籍賣得不錯，有意乘勝追擊。老闆有位朋友開了一家公司，行銷健康食品。所謂行銷健康食品，就是我們常在有線電視頻道看到，半個鐘頭略帶劇情的廣告影片，或請名人推薦，宣稱吃了以後如何如何好，往往因為誇大效益或違法提到醫學療效，而受罰，而引發爭議。

食品本身或許沒什麼問題，卻因廣告宣傳越位而備受指責。這家出版社夢想與藥商合作，一個產品，一本手冊，出版商機可期。

找我的是總編輯，我的舊識。來之前她不諱言他們老闆暴躁易怒，是動輒咆哮、事後道歉的那種。他們常常吵架拍桌，但我是客卿，不會見到老闆這一面。又說老闆帶有江湖氣，這好，我向來喜歡一個人江湖氣大於書卷氣。

我來到位於新店的出版社。準備和老闆、總編輯等人開車到台中藥品公司，採訪兼談話。聽說老闆很像小一號的顏清標。我在休息室等待，門口突然出現一個人，噗，還真的是顏清標，顏清標2.0。

到了台中才知道這一天是錄影時間，開發廠商負責人對著鏡頭，侃侃而談其產品特色功能，以及研發經過，有時夾雜著個人心路歷程。而身為作者的我，低頭猛做筆記，要在兩個月內寫出一本手冊。為什麼兩個月？沒什麼道理，只因顏清標性急，不想久戰。而這也是我願意接手的原因，一來總編輯與我的關係，她再三拜託幫忙做第一本出來，讓後來的寫手有書可循。再者那時窮困快要潦倒，想想兩個月賺五萬元還划算，兩個月方案結束，也不影響其他工作，於是我答應了。

但是在會議室，我記錄之餘聽到對話，發現出版社和藥商意見不一致，藥商並不需要手冊，似乎是出版社老闆一廂情願。儘管如此，顏清標老闆仍要我依原計畫朝使用手冊與參考書籍的方向撰文。

我要寫的產品，是一種類似蜂膠再升級的複方，據云可以強化腦力。後來我們又到士林，拜訪研發者某某博士，取得相關資訊後，我就動筆了。粗成後，委請這位博士逐字校訂，大功告成。

不料十幾天後，總編輯來電，說台中的行銷公司無意以這批書為贈品送給客戶。

也就是說，出版社的如意算盤落空，對方不買單，書必須進入書店，針對一般讀者促銷。而我撰寫方式，以使用手冊為前提，中盤商一看，書這樣能賣嗎？於是總編輯朋友來電，問我會不會寫暢銷書？

我一聽惱火，答道，不會，會也沒時間，這書若要重寫，另請高明。原先我依你們囑託的樣子寫，如今書怎麼改，怎麼編，我不管，我只管一件事：五萬元稿費寄給我。

總編輯勸我息怒，會盡力幫我爭取。過一陣子，稿費入帳了，再不久，總編輯告訴我，她離職了。

時光悠悠，不知又過了多少時間，我在書店看到一本書，書名冠著我寫過的那個產品名稱，是同一家出版社。翻開看，已經改頭換面重寫，撰文者掛的頭銜是相關科系的教授。賣得好不好我不確知，但想必不盡理想，那產品根本沒紅，以此為主題的書哪有市場？

這醫藥系列從一開始就歪斜了，老闆和藥商缺乏溝通，就冒然前進，總編輯也不想勸他。他的個性獨斷、急躁，在我眼裡他怪怪的，他看我也怪怪的。拜訪博士那天回程車上，時近中午，老闆說要請我吃飯，我婉拒，因為下午中華電信要來我家施工。

我沒騙他，真有其事。傍晚總編輯來電說，老闆說我個性怪怪的，而且他很受傷，活這麼大，第一次請人吃飯被拒絕。

出版社至今還在。台北國際書展期間常看到他們在會場擺攤，陳列畫冊。大部頭套書的市場一直都在，但我常想不起來這家出版社名字，可能不願意記得這段經歷。偏我如今寫出來了，以後想忘大概更忘不掉吧。

我曾在與不曾在的遠流

1

常有朋友以為我曾在遠流出版公司上班，這是誤會，實則一天也沒有。雖然有好幾次擦身而過，但終究全部錯過。存留我在遠流上班的印象，可能來自於我對於遠流的大小事務好像很熟悉，也和多位遠流同仁熟稔。

遠流家大業大，彼此合作機會多。多年來，我和公司裡這個人那個人接觸、合作，久而久之，認識的人就多了，進去串門子，不到幾小時出不來。算一算，業務往來，私下互動，點頭之交的，前後可能有三、四十人之多。但我只在遠流出書、顧網站、開會、哈拉，領的是稿費與事務費用，薪水卻沒領過。

一九八〇年代，遠流如日中天，編輯創意、行銷戰力，引領風騷，觀念之新，行動之準，領先群倫。我細細研究遠流每則廣告的文案訴求，以及每本書籍的版型體例，對遠流的工作環境，心嚮往之。當時的我，在一家出版社工作，技術、觀念、心態俱已成熟，雄心壯志，蓄勢待發，原環境已無法滿足我，我只想到遠流去，在詹宏志底下的編輯部門工作。

當時的詹宏志，職務是總經理，但他早期在遠流公司，神來之筆，創立書系的概念，把所有書都歸入若干產品線裡頭，裝幀、編輯體例一致，書脊顏色統一，綠油油的「大眾心理學」，黃澄澄的「實用歷史」，黑漆漆的「實戰智慧」，白兮兮的「小說館」等叢書，在書店依分類一字排開，十分顯眼。

此舉也利於行銷宣傳，某一書系第一批作品推出之初，往往在報紙雜誌大做廣告，把書系的主題、定位、作品明確傳達給讀者，日後讀者自會關注這一系列的新書訊息。而有些在書系成立之前就已出版的書，也設法塞進一條線裡，例如嚴家其的《首腦論》，其實無所依歸，乃以政治領袖與企業CEO有某些共通特性而列入商業主題的「實戰智慧」叢書。

這些書系，有的是黃金熱線，市場看好；有的成績平平，如「電影館」、「社會趨勢」；以及更難賣的「新橋譯叢」、「歐洲百科文庫」等。後者和詹宏志有直接關係。

遠流當時處於極盛時期，依出版品性質，分成五個編輯室，負責者，蘇拾平、陳雨航、詹宏志、莊展鵬、郝廣才，都是一時俊彥（這些優秀人才幾乎成為日後「城邦出版集團」的主力）。其中詹宏志身兼總經理，當進入編輯體系時，他歸總編輯周浩正管轄，當公司整體運作時，他又在周浩正之上。（詹宏志有次演講被問到企業有無類似遠流這種扁平式組織模式，他以宏碁為例。）

這些編輯室的出版品，最難賣的，就是詹宏志操刀的學術書部門：「西方經典叢書」、「新橋譯叢」、「歐洲百科文庫」、「比較文化叢書」、「人與社會名著譯叢」、「新馬克思主義經典譯叢」、「新馬克思主義新知譯叢」、「自由主義名著譯叢」……詹宏志常提出一個觀點，沒有不能賣的書，只是找不到賣的方法。因此，這些哲學思想、社會科學書籍，也做廣告，且是媒體廣告，標示陳列銷售這些書籍的書店（通路有限，不是每家書店都鋪貨），一來讀者不致空跑，二來提升書店擺售的意願。

我看中詹宏志領軍的這個編輯部門。我當時正在編台灣史大部頭書籍，充滿熱情與想像，磨刀霍霍，想出幾個以台灣為主題的書籍企畫案，我自覺，只有以「理想與勇氣的實踐之地」自許的遠流出版可以容我這樣玩，而詹的部門更是「理想與勇氣的實踐之地」的中樞地帶。在這裡可以為所欲為，偷渡市場不看好而令一般出版社望之卻步的讀物。

我向詹宏志提案。詹宏志聽一聽便說：「好吧，過兩天你就來上班，或者你要放假玩個幾天再過來也可以。」薪水，我記得，講好是三萬四。詹宏志說，這待遇不是很優渥，他希望未來能說服老闆給付更好的酬勞，而人事任用，一般來說老闆不會有意見，但還是依照程序，向老闆報備，因此兩天後給我電話。

然而這通電話始終沒響。

我發現，再等下去，我會像馬奎斯筆下等待一封信的上校一樣。某個夜晚，找到詹宏志，才知道在那兩天中，他和公司之間有些微的問題。總之，我的企畫，胎死腹中。

當時我夢想的台灣史書籍，一是台灣歷史辭典。一九九〇年代初，世界上還沒有一本專業而完整的台灣歷史辭典。我有意推動這一部工具書。

另一是仿效遠流「歐洲百科文庫」系列叢書。這個文庫的書，小小一本，一本書一個題目，書名就是主題，如《同性戀》、《文學社會學》。我也想用一書一主題的形式，盡可能包容所有台灣史題目，頗有辭條書籍化的意思，如：霧社事件、民變、二二八事件、樟腦、港口、霧峰林家、台灣文化協會……，主題或大或小，願能呈現台灣風貌。

甚至於不自量力，想以「事物進出檢查法」概念，找出每年或至少每十年，台灣社會出現的與消失的，或事物，或語彙，或轉型的觀念。

在那關鍵的兩天裡，詹宏志萌生退意，覺得要離開了還帶人進來不太適宜，與我有關的人事案遂作罷。後來他真的離開遠流，報紙大幅報導。這是他第一次離開遠流，也帶走我的夢。曾經滄海難為水，我不想去世界上任何出版公司工作了，編輯夢也隨之破碎。此後從編者轉為作者，直到現在。

2

麥田出版成立之初，某一天唐諾看著同事名冊，低頭不語，忽焉嘆道，麥田員工連大學都沒畢業的占了幾分之幾多，「江山如此，麥田焉能不亡？」

這話當然是開玩笑的。麥田主力人馬多來自遠流，也承襲遠流唯才是用的精神，學歷不是首要條件。很早就聽說遠流企畫部某某某只有國中畢業，編輯部的誰誰誰大學沒念完，但都是一流人才，也是一級戰將。

反觀我前東家，老闆每以編輯同仁多碩博士為傲。我這部門特別多研究所出身的同事，因為歷史工具書需要專業背景，應徵者若有相關學歷，優先錄用。但有些人仍然在學，對編輯工作，或無經驗，或無熱情，來上班只為打工賺錢，精神心力擺在學業上。

例如某位睏仙，常來補眠。公司還算自由，趴睡沒人管，問題在於，瞌睡之餘，進度要兼顧。此睏仙小老弟往往睡過頭，耽誤了工作。有一次，該整理的稿件幾十頁，竟然原封不動，就交出來。我看到火冒三丈，拍案大罵，雖未指名道姓，同事們私下打聽，知道誰惹了禍。此後睏仙看到我像老鼠見到貓，避之唯恐不及，不久便離職了。

走了睏仙，來了混仙。混仙是文史博士，驚動了學歷崇拜症的某高層，直說要讓他當總編輯，幸經阻止，他還是從基層幹起。混仙一週有兩個下午神隱不見，直到下班前半小時趕回來打卡下班，沒人知道他去哪裡。後經約談，原來此君在世新兼課，來去就是一個下午。後來他也離職了。

3

編輯是專業，不是擁有學歷便能上手。遠流的編輯群，大大小小都具備專業能力，我清楚，這是我所需要的工作環境，可惜事與願違。事後，詹宏志要我直接與老闆王榮文聯絡。王榮文對《台灣歷史辭典》稍感興趣，希望我先擬出目錄大綱。

兩週後我帶著擬好的辭典條目，拜訪王榮文。在會談中，他的語氣頗有猶疑。而那天，我記得很清楚，「台灣館」編輯室耗工許久，「深度旅遊手冊」系列打頭陣的《淡水》印製完成，書送進會議室，一看就知道是金鼎獎等級的著作。王老闆掩不住得意神色的說，出版這種書，就算不賺錢也值得。

王榮文說讓他考慮幾天，若要做這案子，會打電話給我。「但你不要等電話，做你想做的事，我若知道你在等電話，會壓力很大。」那時，波灣戰爭爆發不久，全球經濟不景氣，很多出版社都在裁員，遠流以逢缺不補為因應原則。我心裡明白，這通電話，和之前那通一樣，不會響起。

跫音不響，三月的柳絮不飛，但這些已經不重要了，我編輯不幹了，轉型為作者。但此後有幾次機會來敲門。先是周浩正來電，說要創辦新雜誌，問我意願。那時書市看好，版稅尚可度日，在家工作又自由自在，我哪願回去當上班族？

後來又有吳興文找我去編日常用語工具書。他知道我不想窩在辦公室裡，說，有時可以出外查資料什麼的。殊不知我想的，是偶爾來公司一趟，而不是偶爾離開公司一下。

幾回我都沒答應，這種感覺，很像被退婚後，就不想再嫁了。

最後一次，是幾年前，黃驗接下官方《百年風華》出版案，想到我有此類編書經驗，遊說我出馬。我心有顧忌，不敢答應。後來他另尋得編輯老手，挑負大擔，完成使命。這個案子工程浩大，又牽涉到公家機關，內外交迫，非常人所能為，幸好我自知藏拙，否則身敗名裂，死得難看。

時光一年一年過去，某日我在午睡，矇矓間電話響起，是從遠流退休多年的周浩正。他多年來於網路上撰寫系列「編輯心法」，在兩岸出版界廣為流傳，他舉例不免以遠流為主，也多次談及詹宏志。在電話中他談到寫作「編輯心法」諸事，突然說出讓我驚訝的話，他說他寫這麼多篇，目的只有一個：還詹宏志一個公道。

周浩正說，與詹宏志共事期間，對詹宏志諸多非常前進的想法不以為然，事隔多年回頭檢驗，發現詹以前的觀點是正確的。所以他要撰文還詹宏志公道。

我聽完，又睡去，醒來覺得像做了一個夢。我回想起詹宏志開啟的我與遠流相關的編輯夢，而這夢是圓不了的了。只是世間事，本來就圓滿少，缺角多。像夢一樣。

讓我們期待明天會更好

——追憶似水年華・一九八〇年代

若問一九八〇是什麼年代？我想我會說，那是「明天會更好」的年代。是的，就是那首歌名代表的意思。在一九八七年七月十五日，長達三十八年的戒嚴令解除前，台灣就已進入「強控制解體」（借用楊渡書名）的狀態。相對於之前的沉悶壓抑，這個時期是台灣史上能量最強的時代，充滿搖滾動感，熱鬧而喧囂，多元狂飆，創意激盪，思想解放，舊有典範被顛覆，禁忌遭到挑戰。保守勢力頑強抵拒，多年沉痾盤根錯節，雖然衝撞不一定推翻或改變什麼，但我們總相信，黑暗必有盡頭，盡頭處必有光。一九八〇年代是相信的年代，沒有之前的無力感，也沒有所謂的亡國感。

整個一九八〇年代的精神，就在〈明天會更好〉歌名裡。這首歌未唱先轟動，連日新聞報導是最好的宣傳。歌曲一公開，電視上狂打歌，開賣當日我就衝到唱片行購買。曲調朗朗上口，詞意有些隱晦不明，但這不重要，要的是一種心血沸騰的感覺。知道是仿效美國〈We Are the World〉「群星為公益而唱」的形式，但人家賣唱片是為救助衣索比亞難民，而我們要幫助哪裡的飢荒難民呢？後來才知道唱片公司把販售資金捐給「消費者文教基金會」。

消基會成立四年餘，揭發黑心食品，為民眾健康把關，做政府該做卻沒做的事，在我們心目中是英雄組合，反過來說卻是擋人財路，廠商欲除之而後快的眼中釘。

廠商如何運作我們不知道，知道的是一個名字：楊寶琳。楊寶琳是誰？她是立法委員，終身不用改選的萬年立委。楊寶琳多年來身兼「國民消費協會」理事長。這個單位與廠商站在一起，只辦產品表揚，不顧消費者權益，並以一山不容二虎之姿，反過來指責消基會檢驗出黑心商品是「擾亂人心，影響經濟發展，妨害公共秩序」，而向行政機關施壓，企圖消滅消基會。

荒謬啊野蠻啊。但戒嚴時期這類氣死人的事例還不夠多嗎？往昔政治高壓，各種怪現狀大家視若無睹，美麗島事件後，黨外雜誌如雨後春筍，週週出版，時時爆料。此外我每天看好幾份報紙，《聯合》、《中時》兩大報外，偏黨外的《自立晚報》、

《民眾日報》，報禁解除後的《自由時報》、《自立早報》等書報雜誌，不時刊登荒謬絕倫諸事。以往禁忌不能曝光的，如今一一現形，老立委老國代只是一端。

嘆氣生氣之餘，只能選舉投票時發洩一下情緒，開票時還是無可奈何搖搖頭。蚜蜉難撼大樹，然而，那時相信無法鯨吞，至少可以蠶食。蠶食到最後，明天會更好。

二〇一〇年，〈明天會更好〉推出新版，彷彿沒有製作人似的，各自為唱，幾個高音突兀刺耳。本來以為是我老人家守舊，看了影片底下留言，盡是「聽了只會使我覺得明天會更壞」、「簡直災難」等負評，一片哀嚎。

以我小人之心揣度，兩版的錄製心境不太一樣，缺少純淨的心，鳴放不免走調。相較之下，更令人懷念一九八〇，政治、社會、文化各界聯手為理想燃燒的年代。

一九八〇年代，正值我二十一歲到三十一歲的青春年華。我是各種風起雲湧的運動的局外人，但我讀，我看，我思索，我與社會同步成長。雜誌看不完，《人間》（我心目中台灣史上最好的雜誌）、《當代》、《天下》、《遠見》、《聯合文學》、《南方》、《婦女新知》……，讀到眼花撩亂。羅大佑、鄭華娟、蘇芮、陳昇、張洪量、李宗盛、薛岳、李壽全、黑名單工作室……，之前不可能出現的歌手，各領風騷。我讀書，也讀電影。

一九八〇年代的電影是用讀的——我說的是國片。雖然成長時期，常聽到一句話：「大學生不看國片。」豈止不看國片？大學生，或說讀書人，也不聽國台語流行歌曲。

大學生對本土流行文化「不接觸」、「不喜歡」、「不消費」的三不政策，或許不能逕以崇洋來解釋，而是對於台灣影歌品質，以及與歐美日本間的差距的不耐。

每次聽到這些話都令我詫異而帶點汗顏。從中學到大學，我多半聽國歌（國語流行歌曲）、看國片，不像同儕對西洋音樂每週排行榜知之甚詳。我到底怎麼了？常常自省，是否眼界狹隘、缺乏國際觀、審美標準低落？

一九八〇年代，平地一聲雷，台灣新電影崛起。本來就看國片的我，不但關心其發展，且成為忠實觀眾。看電影、讀影評，不斷思考辨證，從電影延伸到文學，對我影響至今。

台灣新電影出現前，一九七〇年代，我看了哪些華語電影呢？除了李小龍、成龍帶動的動作片，看最多的還是某些類型電影——瓊瑤三廳電影，活在青春幻夢的我喜歡看；抗日反共軍教片也不錯過，包括《八百壯士》、《筧橋英烈傳》、《英烈千秋》、《黃埔軍魂》、《梅花》、《假如我是真的》，不是被動員，且會看到感動流淚，不知當時為什麼連看電影都這麼忠黨愛國。

也看了一些黑幫電影（侯季然紀錄片所稱的「台灣黑電影」），這些描寫暴力、犯罪、肉慾與復仇的社會寫實片，如《錯誤的第一步》；以及以暴露女體為賣點，如《女王蜂》、《上海社會檔案》等女性復仇片，一時蜂擁，直到觀眾看到膩且吐才沒落。

文藝片也好看，《汪洋中的一條船》、《小城故事》、《早安台北》、《歡顏》；以及林清介的學生電影《同班同學》、《畢業班》；連侯孝賢也拍了《就是溜溜的她》《風兒踢踏踩》。

外行如我者都看得出，這些電影，粗製濫造有之，求好心切卻力有不逮有之，總之，離藝術門檻頗有距離。每年選送奧斯卡最佳外語片獎參賽名單公布，好像派出弱小球隊在球場以懸殊比數任人宰割一樣，想到就備感羞愧。

幸好出現了新電影。導演以新視野、新觀點、新形式、新手法，讓電影從純娛樂提升到藝術層次。長鏡頭，慢節奏，燈光暗，卡司缺明星，角色多庶民，這些風格讓許多觀眾避之唯恐不及，被某些影獎評審、影迷與學者口誅筆伐。

正反意見每每讓我思索困惑。我讀影評，也像閱讀小說一樣讀電影。選片指南來自報紙，主要是《聯合報》，包括焦雄屏、黃建業等人的影評，以及新銳導演拍片動態，偶有爭議事件之報導，印象最深的是記者楊士琪報導的「削蘋果事件」。

《兒子的大玩偶》最後一段「蘋果的滋味」，被一封黑函告到中國國民黨文工會，檢舉此片把寶島台灣描繪成貧窮落後的樣貌，有損國家形象。眼看片子就要遭到修剪——一如向來電剪制度把露點畫面咔嚓（早期連噴霧、打馬賽克都沒有），又像禁書、禁歌般，政治黑手無所不在，查禁理由千奇百怪，想到就令人義憤填膺。沒料到楊士琪於《聯合報》披露後，《中國時報》更在次日整版聲援，輿論紛紛批判，終得一刀未剪上映。

不只政治力，反動勢力以各種形貌出現。例如《玉卿嫂》在金馬獎評審會議引發爭議，關鍵是女主角的床戲，兩腿「翹太高，夾太緊，中國婦女不是這樣。」嗚呼哀哉。相較之下，《兒子的大玩偶》算是幸運的了。

次年，楊士琪病逝。再一年，楊德昌在《青梅竹馬》片頭寫道：「獻給楊士琪，感激她生前給我們的鼓勵。製作全體同仁致敬。」全長六秒鐘。我記得這個畫面，在檔期只有四天的某一日，我在電影院看到，唏噓不已。楊德昌作品我最喜歡這部，幾年前重映我又在大銀幕看了一遍，感覺依然美好。

《光陰的故事》、《風櫃來的人》、《童年往事》、《戀戀風塵》、《海灘的一天》、《恐怖份子》、《小畢的故事》、《油麻菜籽》、《悲情城市》……，一九八〇年代的台灣新電影，一、二十部，如繁星點點，在電影夜空裡閃閃發光。焦雄屏編著的《台灣新電影》，也成為我的愛書，多年來常常翻閱，重返那個以電影為出發點的閱讀時代。

說到閱讀。一九八〇年代，出版蓬勃，題材多元，非文學類崛起，不再獨尊文學。李敖、柏楊復出後仍筆力雄健，林清玄以菩提、龍應台以野火，紅透半邊天。《證嚴法師靜思語》狂銷，遠流推出《青年的四個大夢》等的「大眾心理學系列」，《我們只有一個地球》、《萬曆十五年》等書備受矚目。潮流影響，改變了我的閱讀口味。所有的閱讀都是緣分，人與人，人與書，所有的遇合，都是緣分，事先無法預料，事後未必能夠追索，但就是發生了。某日我不經意在書訊刊物讀到一篇〈通材·稀有才·詹宏志〉，才知道這麼一號人物。我向來對才華如山、知識如海的人特別留意。我讀訪談，心嚮往之，想要變成這樣的人。待其出書我就買來拜讀，《趨勢索隱》讓我驚為天書。視角打開了，不再只圍繞文學轉動，企業經營、行銷廣告與社會觀察鑽進我的視野裡。幾年後詹宏志乘勝追擊出版的《趨勢報告：臺灣未來的50個解釋》、《城市觀察》等書都快被我翻爛了。日後我與一些讀書人、出版觀察者意見不一，多少也與這段時期的蛻變有關。

回首一九八〇年代，我，大學畢業、當完兵、結婚、生子、工作，這十年間人生諸事都做了，人生拼圖只剩最後一塊：我要辭職。是的，這是我一生最大的志向，對職場生涯的唯一規畫，就是離開職場，離開職場，而能活著。不是不愛工作，不是好吃懶做，只不過好想看書。若有一職業，看書賺錢，我一定做到終老。但哪來這般美事？退而求其次，找個可上班看書的班來上就好。於是混進編著小學參考書的出版社。這家不是龍頭，參考書龍頭一北一南，北「新學友」、南「南一」。我們老闆自知不敵，要員工多抄多貼，剪刀漿糊少出錯。唯一聚精會神不得出錯的是校對，但我偏愛校對，與文字相靠愈近我愈愛。

這工作對我太簡單了。上班不費腦力，一下班公事不掛心頭，可讀可寫。一混兩年，終因工作沒出路，沒成就感，深知不能再這樣下去。

當時已打定主意投身出版社，但眼高手低，缺人脈，缺資歷，謀求不易，後來服務的公司都不如我意。自認不是蛟龍，不用遨遊大海，但也不應困於浴缸。

想想對巨蟹座的我來說，還是在家工作最好——在家寫稿，賺稿費版稅，卻知難之又難，幾乎是不可能的任務。當時此途僅兩捷徑：獲文學獎或有人情關係。我兩者皆無，兩度挑戰失敗，一個月寫不出一兩篇，論質論量皆平平。

不上班，要躲我爸。他向來早早出門，有時稍晚，我媽我妹幫我掩護，編派我有事晚點上班的理由。有一日他發現我怎麼還窩在家裡？直接問我，我回覆以在家寫稿，他聽了一臉疑惑，說：「騙痟仔，你寫什麼啊？」這句話事隔三十餘年我還記得，可見傷我有多深。

專事寫作，難，但我不憂不懼，相信時間站在我這邊。就像那個年代，相信未來一定更好，一定有光，有出口。越過八〇年代，台灣社會政治運動漸漸開花結果，而我也終於如願在家寫稿為生。明天果然會更好，這樣很好。

從今起確定自己是幸福的人

——我的三十一歲

三十一歲那年，我離開職場，不曾回踏一步。

在此之前，我已編完一本大部頭的台灣史工具書，不眠不休長達半年，幸未垮下。我遂鼓起餘勇，企畫系列台灣史書籍，包括歷史辭典，以及檢視戰後四十年社會、經濟、文化各個面向的叢書。儘管經驗還不成熟，卻是膽大心粗，以初生之犢不畏虎之姿，昂然自負，企圖以行銷和編輯的內外功，並累積的些許人脈，全力一搏，嘗試各種出版的可能。

一九九〇年代之初，台灣人文仍然充滿機會，延續風起雲湧的八〇年代，鬧熱滾滾。那個時候，戒嚴剛解除，後蔣經國時代開啟，威權體制還沒推倒，但已漸漸鬆動，從事或支持反對運動的人，抱著光明的想望，相信天光必將掀開黑幕，正氣必能驅逐邪惡，總以為，混亂意味著多元，失序代表著解放，並未為社會亂象所擾。

三十一歲的我，和島嶼同步更新，奔向未知卻相信必然明亮的前景。很難想像這一年，我的精神力量和單純信念，竟是如此強大。

變動快速的社會，我不斷透過媒體訊息和大量閱讀，試圖解釋社會現象、捕捉趨勢，彷彿患有資訊焦慮症般，每天讀五、六份報紙，除了家裡訂閱的幾份雜誌，更每天在書店瀏覽，涉獵廣而快而新。書，卻愈看愈少，文學更是漸行漸遠，我已不再是文藝青年，詩詞歌賦小說散文淡出。直到幾年後網路風起雲湧，我優游其中，才逐步和文學重新接軌。

是啊，三十一歲那一年，不知道網路是什麼，電腦還活在DOS時代。我買了Panasonic文書處理機，除了上網功能闕如，外型和今天筆記型電腦一模一樣。我學會倉頡輸入法，幾個鍵盤組成一個漢字，神奇而有趣。我對著這台全黑的機器，吐露心事，託付心志，抒發心情。我只知道我將以編輯、書寫為生，不曾料到，繭居多年，逐步陷於孤寂封閉，更未想到走入繁華似錦的網路世界，復於多年後歸於平靜。

曾被問及，我素來缺乏安全感，怎敢破釜沉舟，退出職場？實情恰恰相反，正因安全感不足，才要離開職場。這世界上哪來的鐵飯碗？職場危脆，患得患失，最安全莫過於培養一身本領，讓老闆請我，而非我求老闆。退伍之後，我第一份工作是教書，自忖不可能成為補教名師，中年一旦失業難有下一個教職；轉往出版界，或許藉經驗累積，漸成氣候，此處不留人，自有留人處。但我始終嚮往在家不打卡的工作環境，於是索性在家接單謀生，編編寫寫。遞出人生最後一份辭呈後，從此不回頭。從「坐家」出發，往「作家」邁進，練習把家庭主夫的職責做好做滿，洗衣、下廚、灑掃，小孩自己帶，不必花錢送往安親班、保姆家。這是三十一歲之後我的生活，是我所要的生活，我喜歡這樣的生活。

我生平無大志、立志早退休。SOHO生涯，兩度挑戰失利，三十一歲這年，一舉成功，迄今未餓死。窩在家裡，可以存活，是幸運，更是幸福。我確定自己是幸福的人，惜福，不曾埋怨。

按：一九八一年五月，旅美學者陳文成博士返台探親、訪舊和學術演講。七月二日，被警備總部人員從家中帶走，音信全無。次日清晨，被發現陳屍台大校園。時年三十一歲。二〇〇九年，為紀念陳文成事件二十八週年，陳文成博士紀念基金會網站以「我的三十一歲」為題，邀請九十九位參與者，展開「接力串寫」。本文為其中一篇。

輯二

孤獨者的日常與非常

想像的遊戲

我可以理解，詹宏志所稱，一九六〇年代的台灣，是個美好的台灣，因為那時候，「有一種很素樸的農業社會的氛圍。那個氛圍的時代，人是有一個樣子的，人跟人交往也有一個樣子。」

可理解，卻無法感同身受。從一九六〇延伸到七〇年代都一樣，那個寂靜而安定的時期，其實既封閉又保守，是不透光的昏黃時分，整個世界是一片悶雷的天空，沒有霹靂狂風，沒有滂沱暴雨，一切在戒嚴令保護之下，秩序井然的樣子。是的，人跟人交往，整個社會的流動，都有一個樣子，但就只是一個樣子，一個固定的樣子。

雖然以上對舊時代的描述，是與多元紛擾的現今社會對比而來的，但回憶起來，童年生活無憂無慮，卻不怎麼快樂，倒是真的。一方面是個性所致，另外也是時代的限制。好靜，膽怯，成長之後的樣貌，小時候就形成了，本性難移，生命被自己禁錮。

就是悶。一切悶著，釋放不出來。內向的我，在現實桎梏裡，躲在角落邊緣，依靠想像過活。

從小我心裡就有一個經由想像所建造出來的宇宙，書本是恆星，布袋戲、流行歌曲、棒球、電影是圍繞運轉的行星。我玩想像遊戲，最早的印象是在沙地畫字傳送資訊。從識字起，我就每天盯著報紙密密麻麻的電影廣告看，想像每一部片子的劇情。看到喜歡的電影，便在門前巷子的沙地上，用樹枝寫片名宣傳分享。雖然不曾有人駐足注意，沙土上的字跡被腳印踩亂，我還是很快樂。

也因此，這些電影我一部也沒看過，但哪些影業公司的電影，會在台北哪幾家戲院放映，輪到我所居住的桃園小鎮又在哪家上演，我瞭若指掌。這種電影資訊一點用處都沒有，我媽唸我：「讀書有這麼認真就好了。」

不只留意電影廣告欄，我讀完報紙新聞後，也在腦袋瓜裡編輯精華版，貼在巷道牆上。當然，這份大字報只是幻想的產物。

最愛也玩得最久的想像遊戲，莫過於在腦子裡組棒球隊了。我依設定條件組成穿越時空的夢幻隊伍，安排比賽場次，決定打擊棒次與投手，在腦子裡一局一局的攻守來往，就跟棒球轉播沒兩樣，只不過內容、輸贏由我決定，我是永遠的總教練。我的明星隊參加國際賽一定把老外打得落花流水，揚我國威，快樂無比。有一天我媽發現我本子上的攻守名單，還是那句：「讀書有這麼認真就好了。」

這樣從小玩到大，直到現在持續進行，只不過球賽已從少棒、青棒晉升到職棒等級，明星球員也從許金木、黃清輝、林文祥、潘文柱等，換成王建民、陳金鋒、二郭一莊……。是的，他們都在同一隊，萬一打經典賽，還借調王貞治（他是中華民國籍公民），和陳金鋒、呂明賜、陳大豐、林智勝組成強大火力。數位時代年輕球迷迷戀的虛擬棒球遊戲，我從小就開始玩了，不需電腦連線。我是虛擬棒球賽的開山祖師。

看人家打棒球，覺得球員服裝好帥氣，尤其球褲，腳踝處褲管捲起來，下方連接襪子。我不明所以，東施效顰，把褲管捲進襪子裡，樣子極蠢，及至當兵才知道那叫綁腿。又見球員鞋底有軟墊與一顆顆釘子，我好羨慕，感覺走路有風。我一直是安於現狀的孩子，不會吵著大人要買新鞋。我家巷口有一家菸酒公賣局配銷所，滿地都是瓶蓋。有一天我靈機一動，撿拾好幾個，放進書包，帶到學校，上課時把瓶蓋擺在桌下地面，鞋子墊在上頭，假裝自己擁有一雙軟釘鞋。簡單的假裝就讓我滿足。

我也愛在庭院蒐集落葉，用樹枝在葉面戳洞，這要做什麼？火車查票員剪票啊！易於滿足的孩子，比較不會無聊。我從小不吵不鬧，不會賴著大人。我懂得自得其樂，偶爾和鄰居小孩或一兩個同學打打棒球，不然就窩在家裡。我沒有同儕所擁有的童年經歷，打彈珠、翻紙牌我不會，但是我蒐集很多紙牌，根據紙牌圖案編排故事。其中一套寫著「龍門客棧」字樣，幾位俠客，好壞不知，強弱不明，我依造型編劇。長大看到電影，才知道原來講的是什麼故事。

我還有一套動物模型，獅、虎、大象、駱駝、袋鼠等。我用積木替牠們建蓋住屋。動物之間，有時玩耍，和平共處，有時強凌弱，小動物聯合禦侮，那是我的辦家家酒，由飛禽走獸演出。另外，我還有好幾款的車子模型，被我拿來賽車，我蹲著，讓小小的車子在地板上緩慢推進，彷彿慢動作放映的賽車轉播。因為比賽需要，我特別留意各種車子的速度，好讓轎車、卡車和各級火車PK，因此經常探頭探腦偷窺停在路邊汽車的時速表，想像它們風馳電掣的神態。

我常想，想像源於無知吧。孩童尚未啟蒙，以好奇之眼，想像的心，探索這個世界，及至智識開啟，想像愈來愈少，務實愈來愈多，這便是成長。除了無知，也可能腦子裡有根筋歪斜了，簡單的事想不透，只好以想像填補。

我還記得剛上高中，著迷於武術與功夫片。不對，著迷是後來的事，起初是好奇，那時李小龍雖然猝逝，一聲「阿雜」，餘音嫋嫋，而王羽的刀劍武俠已退流行，拳腳功夫片方興未艾。我不知從哪看來好多武術名稱，什麼虎鶴雙形拳、螳螂拳、鷹爪功，裡頭那麼多動物竄高伏低，左蹦右跳，想到就好亢奮。不過所有畫面全憑想像，那時我還不曾在大銀幕裡看過一招半式，甚至一度以為，兩人對招是照拳譜一招一式依序比畫出來。我不解，若兩人同一師門，打出來的招式豈不一模一樣？或熟稔對方招式，不就輕易破解，何必比武呢？等我看到期待已久的功夫片，啞然失笑。我怎那麼笨呢？哪有人這樣打架的？話說回來，日後看武俠小說，名家大師筆下卻多的是類似的描述，俠客一招招使出，全部使完了，沒招了，不能克敵，便黯然神傷。至此方知，果真有這麼不知變通的比武方式啊。而寫出這種笨武術的怎麼會是好武俠小說呢？緣於這份特殊經驗，日後對於武俠小說與武打電影，我自有看法，評價與眾不同。

我腦子裡想東想西的習性，不說沒有人知道。我向來是大人眼中的乖小孩，自我滿足，且好閱讀，可以靜靜一整天不吵不鬧。他們又覺得這孩子怪怪的，不知想什麼。我不會講心事，心思深沉，從這點看來有望成為一代梟雄，卻不幸龍困淺灘，淪為胸有千萬雄兵，胡思亂想，身無一技之長，左支右絀的魯蛇。

沒錯，一與現實接觸，我就像底片曝光那麼不堪。我成長於民風淳樸的桃園小鎮，幾家店面，幾條街道，生活簡簡單單。童年畫沙，即為野人獻曝的一生定調。後來上台北念高中，彷彿走進異次元時空，聽到台北同學以我不熟悉的語彙談論我所不知的事物，舞會、敲桿、馬子，什麼跟什麼，我受到的刺激與迷惑，一如孫逸仙十四歲搭輪船赴檀香山，「始見輪舟之奇，滄海之闊，自是有慕西學之心，窮天地之想。」

讓我震撼得像是滿清見識到洋人船堅砲利時那般目瞪口呆的，是在當兵時。大學聯考後上成功嶺，無比挫敗，同袍三兩下拆解、組合槍枝，我一籌莫展。返鄉後我保留訓練手冊，時時在腦子裡按圖模擬拆合步槍。四年後，大學畢業受預官訓練，我已操作自如，卻陷入另一窘境。當時名牌只發一塊，每次送洗衣物回來，就得穿針引線縫名牌。誰說大男人不會裁縫？每個都會啊，唯我獨笨。我不喊累，毅力驚人，體力尚可，唯手指笨得可以。我心裡嘀咕，革命軍人難道是來折豆腐乾棉被、縫縫補補嗎？但凡用到手指的事務，我幾乎不會。

回首前塵，如果生命重來，要過怎樣的生活？或者怎樣可以擁有比較好的生活？我的答案無非多勞作、多勞動。

我媽對子女極盡保護，怕孩子餓著冷到，怕委屈受累。不給家事做，一來不忍孩子累，二來不放心，家事必全面掌控。我過著什麼都不會但又什麼都不必會的幸福日子，以致三十多歲以前雜務不通，欠缺生活自理能力，三十五歲才削出人生第一顆蘋果。直到自立門戶，從頭學起，勉強像個樣子，但還是時時糊塗笨拙，幹下糗事。讀

《論語》，孔老先生說「吾少也賤，故多能鄙事。」我感觸尤深。

在現實人生裡衝撞，得有四分衛的本事，生活技能、生財之道、人情事理都得面對、學習。在想像裡滿足的自適快意，只會害了自己。所以若有人問我，何謂生存之道，不外乎面對現實，少想像，多務實。

詭異的是，當我寫下懺悔錄，卻也察覺，愛想像的何止我一人。解嚴之前的台灣，整個社會氛圍，以及國家政策，就鼓勵大家在想像裡完成大業。政府想像著繼續擁有秋海棠版圖的榮光，想像著號角一響就要還我河山，想像著大陸同胞人人引頸盼望王師北定中原，民眾想像電影裡被剪掉的旖旎春光，想像傳聞中禁書禁片的內容，想像不曾一睹的長江黃河長白山。誰也不知道，窮一生時光，能不能想像成形，幻想成真。

從這角度看來，我應該獲頒青年獎章才是。當然，此玩笑話聊以自慰，任精神世界八荒四海馳騁，於現實卻窒礙難行，只能大嘆「百無一用是書生」。無用是真的，書生倒未必，充其量如溫瑞安詩中所說，「我是那上京應考而不讀書的書生／來洛陽是為求看你的倒影。」這樣是得不到功名的啊。畢竟「人生實難，大道多歧。」臺靜農先生喜歡以輯自《左傳》、《列子》的句子題詞，直把生活的百般滋味說透了。

脫離與脫軌

1

從小就不怎麼有膽識，偏偏始終在躲避一些事情，想從現實生活裡脫離出來。不幸的是，我要閃躲逃離的，恰好是社會的主流價值，以致別人眼中的我總是顯得怪裡怪氣。

但我畢竟不是很有本領的人，勇氣稍嫌微薄，對我所不屑的偉大事物，對不以為然的真理，缺乏抵制的決心，對抗的勇氣，立場不敢太過顯現張揚，只能默默與它們脫離。

對節日慶典無感，對習俗儀式反感，對宗教質疑大於崇仰，對傳統文化缺乏敬意。這樣的我，可想而知，要與家族、團體打成一片是有困難的，只能讓自己像碎片般存在，享受「碎碎平安」的快樂。

更害怕與半生不熟的人講話，因為往往需要解釋一些事情：你為什麼吃素？為什麼不上班？為什麼不理財？為什麼沒開車？為什麼很少說話？對於素來討厭的自我介紹，恨不得簡化為電影《藍色大門》裡孟克柔（桂綸鎂飾）的那句：「我很麻煩的。」

想想這一生，無災無難，無憂無慮，無所求，唯一不太快樂的，就是脫離了一些事情卻不敢脫軌，只好在拉鋸矛盾中尋找存活之道，以及與他人對應的方式吧。我覺得是個性使然，也與興趣有關，牽拖的話好像和文學與閱讀頗有關聯。

人生識字憂患始，人生識字也未嘗不是叛逆的開始。在書裡，發現一個天地，與日常不太一樣的世界，從此喜歡讀，喜歡寫，這就有了不同於同儕的價值觀。

還記得小學某次要摸彩，我媽幫我準備白報紙。那時我們家白報紙很多，供我塗鴉，我覺得那是很棒的禮物，可寫好多字，但抽中的同學傻眼不可置信，旁邊同學大笑，我不解。

國中時期，國文老師送禮物給前三名同學，我第一個挑，選中薄薄的《陸游詩選》，第二位同學挑《中央月刊》。下課後好幾位同學問我為什麼捨棄《中央月刊》而要一本什麼詩選？對我來說，無庸考慮，當然是迷人的詩最好了。

上了高中，升二年級時要分組，很自然的選擇自然組，只因我媽長年來耳提面命洗腦般告訴我一些觀念：念文組，沒前途，沒希望，沒工作，沒錢，沒老婆。

我們男校，一個年級十班，社會組只有一個班。我不但討厭數學，也對化學課很頭痛。化學說兩個氫原子、一個氧原子合起來變成水分子。為什麼啊？水不是下雨落下來的嗎？人家說藝術抽象，但我認為化學與數學更抽象，無法延伸出任何意象。反觀詩詞散文看出去的世界那麼寬廣，延展到生命每個面向。儘管如此，我仍動心忍性，念著理科，續做作家夢，期許自己成為下一個陳之藩——國文課本有陳之藩的〈哲學家皇帝〉、〈失根的蘭花〉，人家念的是電機工程，照樣寫作。有為者亦若是。

但一整年下來，快要窒息。心裡盤算，這樣下去可能大學考不上，考上了也畢不了業，生命不能押在陳之藩身上。高二學期結束我就轉社會組了。

2

有人積極在同儕團體中尋求認同，有人處在邊緣自若。我一直不想融進團體，最好團體也不要理我。這樣講似乎我很孤僻「歹鬥陣」，但也不然，我隨和，好說話，不使性子。或許只是喜歡的東西或感受跟同儕不太一樣，在一起格格不入，不自在，有話不投機半句多的感覺。

但我又不想做一個被討厭的人，缺乏「被討厭的勇氣」，也沒有勇氣離經叛道，只敢在安全範圍內遊走，或者應該說是在安全範圍內做最大幅度的遊走，走與同儕不甚相同的路，但也不致真的脫軌，軌跡至少壓到邊緣。我想是從小就被嚇破膽的緣故吧。

當個叛逆小子，除了要膽子大，臉皮厚，還要不怕打罵。我怕。國中三年在體罰暴力的陰影中度過，影響深遠，雖然挨打的通常不是我。

我就讀的國中，其實是私立中學，一所天主教會學校，你問那是什麼樣的學校？我大概會回答，那是打得很兇的學校。有點像軍校。男生皮鞋的鞋跟要釘鐵片，走起路來噹噹噹，頭戴藍色空軍小帽（女生要把帽子與頭髮夾起來，以免掉落），遇師長要伸兩指敬禮（比童子軍少一指）。

那時還是體罰的年代，父母打孩子，老師打學生，師父打徒弟，軍官打士兵，天經地義。我那所學校，除了調皮搗蛋、教務處每週抽檢分科作業沒交，有的科任老師也會因為成績而打人。打最多的當然是英、數。史、地不會，所以我最喜歡史、地老師。

國一時有一門製圖課，用鴨嘴筆畫直線、框框，我缺天分，一筆下去，最後不是暈開，就是線條不穩，後座同學看不過去，幫我代筆。幸好他幫忙，下一堂課，畫不好的同學被叫出來用板子打，大板小板落小手，打在其心，痛在我心。從此每堂製圖課我都請同學代工。

最兇的是英文老師。全班同學兩年來全挨板子，只有我倖免於難。我變成一項指標，課堂中叫起來答題，答不出來的挨揍，我若在其中，全數赦免。同學因此拜託我不要答對，救苦救難。不是老師偏愛我，說來人家不信，我國中時期英文真好。

不打人的老師我真感謝，例如我寫過一文緬懷小說家沙究，他是我國三導師兼國文老師。回溯自小學高年級起，我們便陷於水深火熱，每天考國語、算數，錯一題挨一耳光。只為了考上私立中學。那時已可免試升國中了，但大家仍一窩蜂擠向私立中學。

我這一生中有兩個黑暗時期，一是小學五、六年級延伸至國中三年，一是當兵兩年，凡七年，正好與自由解放的高中、大學一樣長。幸好等長，否則人生不知會扭曲成什麼樣子。

雖然我挨打次數不多，但同理心太強，見同學挨打，會設想打在自己身上。很多老師都會說：「我打你，是為你好，現在你恨我，以後會感謝我。」多年來我冷眼旁觀各種體罰，有些可能是出於不打不成器的心意，但多半不是，而是為管理方便，或情緒發洩。我常注意施罰者的眼神，眼裡是愛或恨，看得出來。所以我向來贊成零體罰，包括家長對孩子。

擴大來說，對「罰」，不以為然。罰是上對下的威權，是從高層制定下來的，你要生存便不得不低頭。我最討厭威權。像宗教，信不信是個人自由，對異教徒如剷除異己般對付，指責批判，甚至發動戰爭，就令人厭惡。傳統習俗也一樣，應有不遵循的自由，像傳統喪禮那種哭天喊地，繁文縟節，不從即背負不孝罪名的事，我很反感。

最壞的社會就是一元化，非得如此不可否則啪啪啪一串罪名數落下來。最好我不強迫他人，他人也不強迫我。一個人留著滿臉鬍子，有人嫌惡，問他為何不剪掉。他回答，鄰居老太太過世了。人問：鄰居老太太過世，干你什麼事呢？此人答道，那我留鬍子又干你什麼事呢？

我厭惡威權與形式化，一生都在對抗這兩樣事物，但做得不夠好，為對抗這兩樣事物需要對抗更多東西，需要膽子，而我小時候膽子就嚇破了。

斑馬咖啡店

我的夢幻咖啡店

和幾個朋友聊天，盍各言爾志的聊起開店的夢想。應該說是曾經有過的開店夢想，到這年紀，懂得了現實的無奈，連夢都不太敢做了。

從花店、冰果店、文具店到棺材店，每個人的開店幻夢都不一樣。「你的是書店吧？」忽然有人問道。不，書店也想過，夢做最大的，卻是咖啡店。

曾幻想自己開了一間咖啡店，以動物的皮毛紋路為Logo。考慮過豹紋、虎斑，也想到長頸鹿、乳牛、大麥町，最後決定斑馬條紋。黑白相間，牆壁、桌椅、菜單、燈罩……，滿室無處不斑馬，太炫了。

這樣不會炫到讓人眩暈嗎？也許吧，但利大於弊，值得一推。據科學家研究，斑馬的黑白條紋，就是為了讓視者迷惑、頭暈目眩，以保護自己。

經研究者測試，會吸血的馬蠅（虻）飛臨斑馬身上時會急轉彎，或一頭撞上，然後彈開，不會像停留在其他的馬身上那樣。為了排除馬匹氣味的影響，研究團隊還為斑馬之外的實驗馬換上黑白條紋外套，結果馬蠅一樣避開。

斑馬的條紋功能，從形成保護色讓捕食者困惑、降低體溫，到協助斑馬相認，歷來科學家提出的各種假設，都比不上驅趕蚊蟲、防止昆蟲叮咬來得有說服力。黑白條紋會讓馬蠅產生視覺錯覺，一整個頭暈，無法在斑馬身上正常降落。

黑白條紋可以向馬蠅說不，那麼對付一般蚊蠅呢？研究人員一本正經的說，熱愛戶外運動的人，可以學斑馬穿條紋服飾或人體彩繪，以躲避蚊蟲攻擊。

看到這則報導，我暗自得意。黑白條紋當道，蚊蠅迴避，我的夢幻咖啡店，塗滿斑馬身紋，除了視覺效果還有實用功能，比捕蚊燈還有效。繼而細推，不對，蚊蟲為避彩繪之物，反而駐留人身，除非來客也身穿一襲斑馬裝。

斑馬紋路之迷人，從動物園為此造假可見一斑。之前看新聞，中國、埃及等國都曾有動物園，分別把馬與驢塗上顏料，彩繪成斑馬的樣子，卻因流汗後掉色，而被遊客抓包。

以前讀到這些報導只覺荒誕可笑，後來發現其神聖溫情的一面。

加薩走廊有一座動物園，乏善可陳，唯一的動物明星是一匹斑馬。不幸的是，後來烽火連天，動物園缺糧，斑馬餓死。為免於到訪的孩童失望，動物園長以膠帶和染髮劑，把兩頭白驢漆成斑馬。這不是自欺欺人嗎？然而孩子們或知情或受蒙蔽，看到眼前斑馬，仍感歡樂。有人為此感動，寫出《30街的兩匹斑馬》一書，大獲好評。

沒有比斑馬身上更神祕、更神奇、更神采的動物紋路了。《天橋上的魔術師》，吳明益眼中的斑馬，「那眼睛天真得就像兩條通到你心底的隧道。牠身上的黑白斑紋啊，一定是無與倫比的天才畫家的作品……」「無與倫比」四個字洵非溢美。

斑馬斑馬你睡吧睡吧

當我說斑馬充滿文學的意象，這印象最初並非來自於什麼文學作品，不是因為夏宇出版過歌詞集《這隻斑馬》與詩集《那隻斑馬》，也不是出自吳明益的短篇小說集《天橋上的魔術師》，而是宋冬野的一首歌〈斑馬，斑馬〉。

〈斑馬，斑馬〉描述熱愛唱歌的浪子愛上一個女子。女子受過傷，他想安慰她，陪伴她，但囿於個人條件與現實環境，這分感情並不為女子所接納（「你的城市沒有一扇門為我打開啊，我終究還要回到路上」），女子已有意中人。他只好祝福她，默默離開，浪跡天涯。

這分單向愛情，摻雜著孤獨與飄泊的傷懷，透過歌手帶有磁性的嗓音唱出來，不知引起多少人落淚。

這首歌以斑馬為名，歌詞也以斑馬為告白的對象，但斑馬不是真的斑馬，而是作為女子的投射。但為什麼是斑馬，而非一般的白馬黑馬？

好奇心起，上網查詢。為理解歌詞而上網，這不是第一回，之前也不能明瞭陳昇〈發條兔子〉，何以「你這樣跳一跳，就像隻青蛙；你那樣跳一跳，就像隻兔子」？又為何「今兒個我出門的時候還是青蛙，怎麼會兩杯啤酒就走樣」？幸有高手在民間，陳述一番，茅塞頓開。

而這首〈斑馬，斑馬〉，網友提示斑馬的群居特性。身為群居動物的斑馬，不太習慣獨睡，牠們需要與同伴共眠才睡得著。

從「斑馬斑馬你不要睡著了。」唱到「斑馬斑馬你睡吧睡吧。」這睡與不睡的祈使句，正表現流浪歌手的無奈。斑馬能夠睡著，因為已經找到陪睡的另一隻斑馬（「你隔壁的戲子如果不能留下，誰會和你睡到天亮？」）他只能選擇離去，讓女孩依偎在她的心上人身邊。這分無可奈何的無力感，一如宋冬野另一首名作〈董小姐〉所云：「愛上一匹野馬，可我的家裡沒有草原。」緣分一事是沒有辦法的。

或許是斑馬的形象太鮮明，或許是斑馬一詞大家耳熟能詳，唐朝大詩人李白的詩作〈送友人〉：「揮手自茲去，蕭蕭班馬鳴。」在現代，「班馬」常常被誤寫為「斑馬」。

班馬，是離群之馬。班，別也，是分離的意思。李白送友人遠行，送君千里，終須一別，兩人騎著馬揮手告別，人別離，馬分開，兩匹馬彷彿也感動於臨別依依之情，蕭蕭長鳴。馬猶如此，人何以堪？寫作「斑馬」，這首送別詩的意境，便蕩然無存了。更何況唐朝中怎麼會有產自非洲的斑馬呢？

「蕭蕭斑馬鳴」五個字，以各種形式，印製在書上、出現於網頁，也就算了，還有書法名家抄錄此詩，誤「班」為「斑」，大大「斑馬」兩字，實在刺眼。然而黑底白紋的斑馬，誤闖於古典詩詞，這畫面又何其美麗？

致不存在的凍齡與你都沒變

向來好奇。好奇於未來是什麼模樣？未來的世界如何運行？社會的型態、政治的情勢，以及未來自己的命運又將如何？尤其近二十年，十倍數時代，天旋地轉、人世奔騰躍進、面目全非，變動過於巨大。若說對長生不死有何渴望，除了人間難遣未了情，更多原因是想要滿足對未來的好奇心。然而時代巨輪不斷前進，像彭祖活了八百年，也還有下一個八百年無止無境，好奇心永遠無法滿足。唯一能看見的是自身的往後。從小想像，長大後，妻子是什麼樣的人？會從事何種職業？不時揣測中年的面容身形，胡思亂想，今朝都到眼前來。如今中年，仍免不了猜想，大限幾何？老來景況？

我很少對渺茫不可期的未來做準備，只求現下好好生活。若依張曼娟《我輩中人》所云，中年的品味，決定老年的品質，那麼幾年後的我，應該不是惹人厭的老人，也不致晚景淒涼。但人生無常，凡事難說。這個階段，只能自我要求，千萬撐住，不要崩壞。我不想成為長年躺在醫院的老人，不想成為被推著輪椅到公園曬太陽的老人，不想成為見到博愛座坐者比自己年輕就怒目斥責的老人，不想成為無所事事恍恍度日的老人，不想成為傳 LINE 分享假新聞的老人。

性情可以維持，健康可以追求，但時光不會停留，青春不能永駐。肉身容顏逐步凋零，此身雖在堪驚，只能坦然面對。年輕時讀白先勇小說，難以透徹理解，年華老去的男人何以對青春肉體眷戀不捨，閱讀《羅麗塔》時也無法產生同理心。及至中年，讀馬奎斯最後作品《苦妓回憶錄》，隨後找出川端康成《睡美人》一讀，並順藤摸瓜看了電影《陪睡美人》，雖然仍舊不能充分感受老先生與熟睡女孩同床共眠的刺激、撫慰或意淫等心理狀態，但已漸漸體會「日月逝矣，歲不我與」的無力感，以及在青春正當時的年輕人身上，看見自己消逝的華年，以及衰朽的肉身表相。

如今，每每在街頭見到年輕一代，那精、氣、神，那處於巔峰狀態的肌膚、丰采、身形，只能歡喜讚嘆：青春無敵，年輕真好啊。啊啊啊啊。

然而，哪一具老朽身不曾經是小鮮肉？命運無情而公平，沒有什麼「你都沒變」，沒有「凍齡」這件事。就像壁癌，表面粉刷，底下猶是千瘡百孔，縫隙暗藏。最近閱讀新生代武俠小說家沈默的新作《劍如時光》。武俠小說從未以正面直擊、細部分解的手法，描述大俠年華老去的窘態，都是像《倚天屠龍記》的張三丰那樣，輕功不若年少靈巧，長程耐力退步，但內功更爐火純青，武藝更加精進。資深俠客最終或戰死，如洪七公與歐陽峰同歸於盡，或事後追述死訊，沒有作家把文字駐留於俠客衰老風貌。

唯有沈默正視現實。筆下老俠，即使身強體健，身手依舊，部分器官卻不敵歲月摧殘，運轉大半輩子後漸漸不聽使喚，功能退化，齒牙動搖、便祕、老花眼（甚至於白內障、青光眼，變成老盲劍客）、（男性）攝護腺肥大尿不出來、帕金森氏症等，不致喪命卻令人尷尬的大小毛病一一纏身。《劍如時光》開頭以列傳形式引介的五名武林高人，即有三人以衰老面貌現身。

有一章寫大俠舒餘碑七十餘歲的龍鍾老態，開頭便是：「吃飯變成痛苦的事，與其說是吃飯，還不如說是進食。」只因他的口牙壞了，只能吃粥、奶製品、湯汁與麵條，肉食還得央人煎爛剁碎。咀嚼口感盡失，了無食欲。

「廉頗老矣，尚能飯否？」不是一則文史典故而已，更是現實的淒涼與無奈。簡易如吃飯，也有無力的時刻，能體會其中艱辛的，不是病人，便是老人。

另一篇敘述八十歲後的舒餘碑，身體酸臭，自己聞不到，身旁門人弟子卻須忍住，不敢掩鼻，只能調整呼吸深淺，迴避酸腐朽味。

如此不堪，一代宗師耶。小說寫道：「就算是武學宗師，也無法抵抗衰老與死亡盡情的肆虐。」武學宗師尚且如此，何況我輩？

所以，怎麼會有一本書叫做《美好的晚年》呢？但真的有這一本書，作者是聖嚴法師。

七十歲後，法師百病纏身，仍以美好形容晚年，無非兩大原因，一是他的晚年生活，責任已了，偶有事務，多為被動之事，主動的少。主動的事是自己歡喜做的，做起來輕鬆，而被動的事，只是應對而已，不必花太多心力。其次法師說，晚年時所遇到的人，所經歷的事，都是那麼可愛，所以非常美好。

然而這本口述書從發病開始講起，從死裡逃生到忍受痛楚，讀來怵目驚心。高僧尚且如此，何況我輩？

衰老病弱，勢不可免，該來的早晚要來，站在中年下坡，眺望老年低谷，只能提醒自己，如聖嚴法師開示的四句訣：「面對它，接受它，處理它，放下它。」珍惜當下，把握餘春，看看現在的美好，留作回憶的資本。

牛頭馬面在一班

我們這學校

退伍後第一份工作，到高職教書。本來充滿期待，一度以為會教書教到天荒地老，但只待了一年，便落跑。

開學頭一天就被警告。學校實質負責人是位出家人，他來到我座位前，和善而嚴肅的告訴我，不要穿T恤。他說，老師要有老師的樣子，穿T恤，看起來和學生沒兩樣，師生打成一片，沒辦法帶學生。

糟了，彼此認知有點差距。我向來不喜以衣飾取人，也不認為穿上什麼衣服就會變成什麼樣子，我只有單純的想法：內在比外在重要。

至於師生要保持適當距離，我不反對，但是覺得距離愈小愈好。只不過帶不帶得起來，距離不是關鍵，反而因為距離感，讓學生強化你和他不是同一國的印象，有事不說。

要讓學生打從心裡服氣，或喜歡你，才帶得起來。

學校顯然不是這麼想的。某學期第二次期中考前，出家人在校務會議上要求老師認真監考，防止學生作弊，話鋒一轉，宣布如果哪位老師監考時一進教室，學生歡呼，一定開除。為什麼？表示這位老師會放水，才會受到學生歡迎。

這是什麼邏輯呢？聽到出家人的開除令，我心不安，我想起上一次期中考，我走進某一個任課班的教室，就是歡聲雷動啊。

為何歡聲雷動？我當然不可能問學生，但肯定與監考放水無關。我精神抖擻，目光如炬，要從我眼中作弊並不容易，尋常幾招我學生時代都用過。

那是為什麼呢？我雖然脾氣不太好，但風趣隨和，不高高在上，觀念開通不迂腐，許多想法不像老師。這不是我自己說的，下學期國文科期末考出了一道問答題：寫出心目中的國文老師。事關分數，可想而知，只能講好話，不能毀謗，但儘管皆好話，也有不同的內容，意見指向我是最另類的老師。教室有人歡呼，相信是說哈囉的意思。

不得不抱怨，國、高中國文教師不是凡人可以勝任的，一課又一課枯燥乏味、正義凜然、離生活遙遠得宛如進入外太空的課文，要學生正襟危坐，專心聽課，實在困難。尤其在課業吸收能力不強、沒有聯考壓力的私立高職，要鎮住學生，比觀世音壓制孫悟空還難。

課文悶，學校氣氛悶，我適合教書嗎？問號迭生。這時最後一根稻草出現了。某日放學後，出家人看到一位校內同學，乘坐在另一位校外學生的機車後座，呼嘯而過。他顯然非常在意，第二天升旗典禮時，在台上訓話時說：「這位同學，如果現在沒在台下聽我說話，表示你出車禍被撞死了。」或許佛家高僧大德不一定慈眉善目，也可能是怒目金剛，但當時的我只覺得不太舒服，我已不想再待在這所學校了。

其他學校也不想待，我沒安全感。當老師，轉校不易，若是遇校不淑，退路狹隘。最好幹個無所謂年資，就算要走，也有下一個去處的工作。最安心的職業是，不怕我被炒魷魚，而是公司怕被我炒魷魚。

細思量，我的本領小，只有跑去當編輯。事後證明，這個選擇是對的。

我們這個班

三十五年前教過的高職學生透過臉書聯絡我，從他臉友名單中我找到幾位學生。

都邁入中年了，但樣貌形態大致未變，仍可辨識。

其實只教過他們一年，就各自奔散，我離職，他們畢業。

那時我剛從步兵排長身分退伍，渾身還帶著野戰氣息，莽莽蒼蒼，浩然正氣蓋過書卷氣。學校負責人交給我一個工科男生班，語重心長又欲言又止告訴我，不好帶，希望我好好幹。

開學後才打聽到，這班是全校出名的牛頭馬面班，之前的幾位女導師，或昏倒，或流產，都沒帶完一學年就離開了。

是真的令人頭大的一班，我上的第一堂課，教室鬧哄哄，如菜市場。我在講台上，下頭互扔紙團的，吃東西的，聊天的，睡覺的，都有。喧鬧，一方面是他們的習慣，一方面挑戰新老師，看如何應對。我使出獅子吼功，一聲安靜，聲威蓋過全場。步兵排長常喊口令不是喊假的。隨後動之以情，說之以理，要他們別太誇張。我是導師兼教國文，國文課還好，其他科就看各任課老師造化了。我無能力讓一個班脫胎換骨，安靜聽課。有的老師，或個性溫和，或聲細若蚊，課堂如遊樂場。

但這些問題還好，至少維持表面的和平，最麻煩的是，幾位被視為問題學生的同學，血氣方剛，很容易跟老師對撞。一旦出事，學校高層問我身為導師如何處置？

說出事，其實也沒多大事，就是頂撞師長而已。幾次衝突都有個模式——同學不堪師長刺激，脾氣就上來。一次朝會後在操場檢查服裝儀容，一同學著淺色襪子，女教官斥其破壞整齊，問他怎麼辦？同學皮皮說：「那我就脫下襪子不穿啊。」教官怒：「有種你脫下來看。」嗯，不脫就沒種，血氣少年能不脫嗎？同學當眾脫襪，惹怒教官，揚言要記過。

另一位同學，某個中午找不到便當盒，到隔壁班尋找。該班導師正陪同學生吃飯，見他來，便罵道：「本班不歡迎流氓進來。」如此豈能不爭吵？同學飆三字經，憤而離校。

這班學生其實本性不壞，沒有暴力傾向，不曾誰霸凌誰，同學之間不會勾心鬥角，只不過不愛讀書，性情躁動，對命令語氣不太理會，對羞辱式的嗆聲不太容忍，因此與老師偶有言語衝突。

身為導師，我不可能縱容學生違反校規，但也不認同老師給某些學生貼標籤。我想，我可能也不是這間佛教學校認定的好老師，我不要求細節，不訂繁瑣規矩，我習慣「飛將軍」李廣的帶兵方式，閒散簡單，於是與學生同時畢業了。

孤獨的跑步者

三年前，不愛運動的我，出乎意料的，竟開始慢跑。之前，唯一的運動，是走路，日走一萬步是常有的事。走路好，但年紀到了，新陳代謝趨緩，一旦吃多，贅肉橫生。若論消除小腹，步行並未帶來很好的效果，身體素質沒有明顯轉變。有所不同是在跑步之後。

若問跑步有什麼感想或心得？個人經驗是，意志力比體力重要。真要說累，開跑幾分鐘就累了，就喘了，就上氣不接下氣了。跑完全程憑的是毅力，是意志，是決心，告訴自己堅持到底，要求自己不要放棄。

是一種堅持。不只是每週特定天數或時數或里數的跑，也指對自己跑步風格的堅持。或問，跑步還有風格？是在跑多少馬啊？剛好相反，寫稿、唱歌時我易受影響，有時還會模仿，唯生活風格與習慣不受人惑，不隨人動。例如跑步。看村上春樹將跑步一事寫到波瀾壯闊，但心動的是對其文字，若說慢跑優則馬拉松？免了吧。

因為持續運動半小時之後身體才開始燃燒脂肪，我一次跑三、四十分鐘，不多跑，不把自己弄得太累。其餘時間交給快走，一個多小時後返家。

曾在學校操場繞圈圈，但路跑已夠無聊，哪堪面對一模一樣的景物？我最愛的還是河濱公園。清晨，天色微亮，空氣清涼，沿河跑，目光所及，盡是綠樹翠影，細川平流，偶有雲映晨曦，景色清幽。

此外，公園犬多，清晨時有的捲成一團未起床，有的覓食，有的成群嬉遊。我愛狗，經過必然多看幾眼。最多的動物是鳥，鴿子、鷺鷥、八哥、喜鵲、白頭翁……，或飛翔或駐足。幸運時尚可見鷹類高空盤旋，甚至低飛俯衝。我這三年來看過的鳥們有上萬隻了吧。

但最多的還是人。一大早出現在河畔的人，偶有不是來運動的，例如一位歐吉桑常在風車水泥柱下攤開六支手機抓寶，指指指滑滑滑；或有情侶在草坡臥睡剛醒；運動者，騎腳踏車、跑步、打球之外，更多的是走路的人。

跑步是孤獨的，就算結伴前來，一旦開跑，不易並駕齊驅，除非軍中跑步兼答數一、二、一那種跑法，否則或一前一後，或拉開距離，且忙於喘氣調息，不能邊聊邊跑。

終究得獨自面對漫漫長路。大部分持之以恆的跑步者，孤獨如荒野一匹狼，不需如打球般呼朋引伴。我剛跑步時，不堪孤寂，有時胡思亂想，有時作七言絕句，有時為求專心，會尾隨正妹跑步。不過永遠跟不上，年輕真好，步子既大且快，女孩果然不好追。

跑步的孤獨，是限制，也是自由。跑完全程，再遠，再快，是一個人的事，榮耀不屬於團隊。對於害怕面對人群的我，這是不錯的運動選項。

跑步是我唯一的運動，跑久了，每遇同好，備感親切。

同好也者，不是在跑步中認識的人。一個人跑，即使因時因地而有熟面孔，也不會搭訕打招呼。但有時與朋友聊起來，發現對方也有跑步習慣，便交換心得，問時間，問場地，問里程，問速度。儘管如此，別人的習慣與形式僅供參考，每個跑步者都有自己的信念，都有跑步的理由，或者說，開始跑步的緣由，而這是跑步經驗談最迷人的地方。

有時也會讀有關跑步的書。除了村上春樹，後來發現松浦彌太郎也是跑友。

松浦彌太郎在《只要我能跑，沒什麼不能解決的》裡寫出一些微妙的感覺。例如他提到，就算知道跑步的必要，就算待會就要出發跑步，就算心裡清楚「只要走出家門，邁開步伐去跑就好，而且跑完之後會有舒暢的疲倦感。」但出門前還是會發懶，換衣服時會覺得好麻煩。

此段完全說中我的心態。我習慣天光微亮就出門跑步，尤其夏天，鎮日陽光燙人，只有清晨適宜戶外運動。然而臨出門總會小拖一下，甚至於潛意識裡有點逃避的念頭，倘使遇雨無法出門，失落之餘卻也多少暗爽在心。

怎麼也沒想到，人到中年，居然跑步。年輕氣盛，仗著年輕就是本錢，不太運動，遑論跑步，看到有人上跑步機，感覺像松鼠在籠子裡轉啊轉。有時看新聞報導，某某人跑步猝死，更加堅定有生之年決不跑步。不料晚節不保，雖然資歷、速度、距離，若論規模等級只能算是小兒科，但已不可思議。

跑步後，成效驚人，幾年來沒吃過頭痛藥。跑兩年後，有一天，每半年幫我理容的大姊在剪髮時突然問我，是否在運動？她說我原來額頭上有青筋暗浮，現在沒有了。很好，消失的是青筋，是小腹贅肉，其他肌肉則不見增長，跑步幫不到那麼多。

六年前（二〇一五年）陪伴我十五年的愛犬猝逝，牠最愛去河濱了，直到腿部關節老化，無法再去。牠走後，我代替牠，在河邊跑。王家衛電影《重慶森林》裡金城武的獨白：「每個人都有失戀的時候，而每一次我失戀呢，我就會去跑步，因為跑步可以將你身體裡面的水分蒸發掉，而讓我不那麼容易流淚。」於是我在思念與傷悲中開始跑步，如是六年。

我的素胃時代

這些轉變都在認識生機飲食後開始。

直到三十六歲，我才種出生命中第一株植物。一整盤小麥草，在方形培植盤上，七、八寸長，綠油油，生機盎然。雖為小道，卻是我個人生命史轟轟烈烈的一頁。五穀不分、草木不識的我，居然有朝一日，莊稼漢般終日和種子、芽苗乃至果蠅為伍，本已不可思議，遑論日後又成功地孵起苜蓿芽、空心菜芽、葵花芽、蘿蔔嬰。頭一次和種子近距離接觸，從催芽、發芽到一眠大一寸長成幼苗，我經常和它們目光相對，感覺在對話，在分享生命成長的喜悅，就像小王子對企業家說「我自己有一朵花」時那麼深情，那麼驕傲。是的，這些都是我親手栽種的芽苗，它們培植不易，稍有疏忽，太濕太乾太早太晚，就種不活。「你知道的，我的花兒，我對她有責任。而她如此柔弱，如此天真。」人芽相契，小王子的心情告白，我完全可以體會。

為了有機堆肥，我買了好幾個大桶，把種過麥草的有機土資源回收，卻吃盡苦頭。

堆肥潮溼惡臭，為了讓土乾燥，又不失養分，我求教先進，買書研究，從臭氣沖天到微微土香，折騰了好幾個月。我又到公園捉蚯蚓，讓牠在土裡翻鑽以活化土壤，這些不是從小討厭生物課的我所能想像的。

過去連果皮都不會削，也不會做菜，為了打果菜汁，全學會了，正式脫離生活白癡之列。男人弱者，做家事則強。（據統計，很多靠老婆打理的大男人在鰥居後沒幾年也死了。）

我竟然開始想像老年生活。從前自認年紀輕輕就會天不假年，不曾設想老之將至的樣子，不曾有過保險、養生等念頭。可能對生死問題太敏感，特別留意相關報導。知道生機飲食，就緣自一篇報導。

我從小怕死，長大後發現更可怕的是死亡前的病痛折磨，那是死神這名駭客植入人體的木馬程式，其中又以癌症最令我驚心。癌，人間最恐怖的字，病字部首已經令人望之色變，三個口更像魔鬼張口吞噬魂魄身軀，底下的山，三叉刺向無數苦難的靈肉。在癌症等同於絕症的年代，我怕死，更怕癌，總覺得說「好死不如歹活」這句話的人，一定不知道罹癌之痛。

直到三十二歲那年，讀到一篇〈生食療法救了他一命〉（一九九三年十一月八日

《聯合報》），住在鳳山的鄭萬吉先生，肝病兩載，氣息奄奄，經朋友介紹，採用雷久南博士推廣的「生食療法」，居然不藥而癒。後來在他的推介下，罹患絕症、藥石罔效的親戚朋友，也都死馬當活馬醫，以生食療法，徹底改善體質，而撿回一命。

這是我生平第一次聽到「生食療法」這個詞，所運用的食材如精力湯、回春水、苜蓿芽及小麥草汁，更不曾聽聞。然而這則報導彷彿向我宣示，人世間有一種不為醫界所知的武林祕笈，記載著一群現代神農氏以身試吃，實驗食物和身體的配對指數和生剋關係，洩露出食物的祕密、身體的密碼。尤其腫瘤不一定是絕症，不一定要化療、割除的訊息，讓我既驚且喜。

幾年後，因緣際會我正式接觸生食療法，認識生機飲食。雷久南的《大大自然健康食譜》是我的啟蒙書，這本書有食譜、有照片、有作法、有說明，我第一次聞見食物的知識，什麼五行五色飲食法，什麼酸鹼屬性、鉀鈉比例，滿足我知識上的好奇，從此一頭栽進這個領域，難以罷休。我購買相關書籍，比較各家之言。這些書籍，成為我書架上現代詩集之外最多的類型。異於他人的飲食觀，就像冷門的現代詩，註定我和主流社會愈離愈遠，卻也帶給我精神無比的滿足。

現在看來生食療法並不是太陌生的名詞，生機飲食也常見諸各大媒體，但其內涵仍不太為人所了解，芸芸眾生仍常抱持錯誤的營養常識。有人以為肉類才含有蛋白質，「拚健康」就要拚命吃肉；有人以為吃素一定瘦，素食比較健康；有人把斷食當作絕食，聞之色變；有人把斷食當作仙丹，斷了食物也斷了命脈。另如飯後喝湯吃瓜果、蔬菜熱炒或油炸等觀念，都不假思索被當成天經地義。更有不肖業者索性打著生機飲食名號，招搖撞騙。本來醫生最有說服力，但西醫能吃藥就吃藥，能開刀就開刀，中醫更不用說了，聽到病患生食就快昏倒，生食還跟著「療法」簡直荒唐。

周遭親友看我吃那種東西，憂心忡忡，種種誤解雖然造成困擾，但也每每讓我想起莊子「夏蟲不可以語冰」，久而久之產生異端的快感、少數的樂趣，那種另類的、非主流的、不被了解的快樂，更滿足我反叛的個性。我對科學或醫學因反迷信而陷入另一種迷信，一向不以為然，就如科學家力斥飛碟之不存在，只因地球的衛星測不到，我常想，笑話，笨到會被地球衛星測到就不叫飛碟了。

不過生機飲食多數屬於經驗論，尚待科學驗證，我們只能多聞闕疑，調配自身適用的食譜。有一段時期，出版社編輯問我在忙什麼，我總答說在廚房忙。真的，我像神農嘗百草，測試各種食物大量攝取後身體的變化。我一向充分享受紙上談兵、臥遊天下之趣，總在虛擬、想像之間自得其樂，唯烹調這件事，懂得身體力行。因為我也在調配飲食時找到吃的樂趣。

以前真不知道吃這麼有趣。卓別林電影《摩登時代》裡，工廠為縮短員工吃飯時間，增加工時，設計一種餵食器，用餐時間到了，員工坐在定位，任機器代勞，麵包塞到口中，湯倒進嘴裡，然後遞毛巾擦拭乾淨，全部自動化。這段劇情既可笑復可悲，但我是羨慕的。青少年起我不愛吃飯，覺得吃飯活受罪，我常祈禱人類發明藥丸，一兩顆下肚，補足所需營養，不用進一粥一湯。自從研發有機食物，我終日和食物為伍，人在廚房，竟也愛吃了。

蔣勳在《天地有大美》也提到《摩登時代》這部電影，蔣勳說，吃是「人類認識美的一個最重要的開始。如果吃得粗糙、吃得亂七八糟，其他的美大概也很難講究了。」

做為美學的起點，以及民生首要大事，吃的地位如此崇高，然而怎樣叫吃得粗糙或不粗糙？每個人定義不一。我的看法是，如果我們同意食物是營養的主要來源，在口感和心靈的滿足之餘，就要兼顧養分。食物愈粗愈天然愈好。糙米、全麥麵粉、黑糖、糖蜜都是某種定義的粗食。「吃得精緻」不代表「吃的精緻」。吃得精緻，是一種態度，一種品味，但吃的食品太精緻卻無益於健康，徒然耗損能量。因為過度精緻的食物含有太多的三白（白米、白糖、白麵粉）、三高（高油、高鹽、高糖）。三高之害，人盡皆知，只是抵抗不了。三白之弊卻常被忽略，它們不含酵素、維生素和礦物質，反而增加肝臟負擔。好的飲食方式應該是細品每一份食物的原味，用最健康的方式料理，或可增添天然的調味料，入口後讓每個感官都開啟，細胞都活化。或曰應品嘗食物原味，不加味精，不添足夠的油鹽糖，還能吃嗎？試想黑咖啡，無糖無奶精，不也頗有風味？咖啡如此，其他食物亦如是。

充斥市場的醃漬煙燻等人工製品，其實是感官的墮落。雜糧飯之香，白開水之甜，蔬果之回甘，只有回歸最簡單的烹調才能享有。這是飲食的極簡主義，延伸為生活中對服裝、閱讀、觀影的態度，原汁原味，一切從簡。好食物應如電影《珈琲時光》，淡而有味，不用刻意設定催淚或笑果的橋段，卻感人無比。我對時下流行的飲食文學大都興趣缺缺，即因許多作家筆下的食物烹調過度，營養流失，一如整型美人，美則美矣，太不自然。

回想採行生機飲食後數月，有一天突然發現擾我身體多年的十餘項小麻煩不藥而癒。尤其白天吃冰、夜半猛咳的怪病好了，我又可以吃冰了。是的，我也會吃霜淇淋，偶爾也吃垃圾食品，我雖飲食有道，但吃得不純淨。水至清則無魚，食至清則無趣，人生還是有趣點好。但老天明察，我偶一貪嘴，吃起餅乾、奶酥麵包、泡麵，就會心悸疲倦，而火鍋店內素食鍋的那些丸子，不知添加什麼東西，一股死屍味，更是聞之欲嘔，那是老天寵我，裝在我體內的警示器。我相信，食之初，性本善，胃一素淨，心便清靜澄淨。我很滿意這樣的安排。

蒸便當與飯冰冰

便當與老外

有時候懷疑，在學校吃媽媽做的便當，會不會有朝一日成為一個傳說？成為上一代人說給後代子孫聽的童年記趣？

這樣想是有道理的。現在外食族人口愈來愈多（還記得廣告詞嗎？三餐老是在外，人人叫我老外。老外，老外，老外，老外。）開伙的家庭日益減少，加上學校營養午餐日漸普及，帶便當的學子少了，已經不再是全民運動。

我這一代，就學時期，沒有便利超商，沒有營養午餐，學校門禁，無法外出買飯，別無選擇的只能當便當族，把媽媽的味道帶來學校。

中學生正在發育，食量大，容易餓，以前不像現在零食與加糖飲料唾手可得，因此想到便當，就垂涎三尺，是難忘的美味記憶。

只是每天帶便當上學，媽媽（或有少數是爸爸）累，孩子也麻煩。我懶得另外提袋，且怕遺落，便當向來裝在書包裡。不知是裝得太滿，或擺置不當，或食材緣故，常常漏出油來。到校後第一件事，把便當盒拿出來，放進蒸飯籠。好幾回打開塑膠袋，一看，慘了，塑膠袋有油，包裝的報紙更是一片油膩，幾滴亮亮油漬沿便當盒身流下，潤滴在書包、作業本上頭。我的中學生涯，書包總是壓了幾塊色澤在上面，那是便當漏油洗不掉的遺跡。

午餐時間，各自埋頭苦幹，誰也不理誰。有一天正要開動時，前座同學忽然回頭，看到我的飯盒，大驚說道：「你的便當怎麼菜這麼少？好可憐。」他露出同情狀，我一臉茫然。怎麼說沒菜呢？向來吃飯配菜，剛剛好啊。

原來，媽媽裝便當，習慣把所有菜餚擺在前端，後端是白飯。菜有縱深，全挖出來才知道有什麼菜。乍看之下，一片白茫茫，以為雪覆冰藏，不見生機，其實綠意盎然，大地無盡藏。

難怪同學誤解。我這時才注意同學飯包都是菜肉鋪在飯上，薄薄一層，五彩繽紛很亮麗。多年後我提起這事，我媽怪我何不早講？她不想讓她的孩子被認為窮困或受虐待。我心想沒關係啊，我吃我的。我雖不以為意，但她在意，當時不理解這有什麼好在乎的，日後才漸懂媽媽的心。

從前沒有電熱箱，全校便當集中在蒸氣間。吃飯時間到，每個班級派兩名值日生到蒸氣間抬便當。一個班級一箱，國中時期是木箱，還算好抬，高中時改用鐵箱，抬的時候捏著兩旁耳扣，手很痛。但不管容器為何，一進蒸氣間，都是煙霧瀰漫，熱氣逼人。蒸熱的便當，飯菜多少有點特殊的味道，幸好不難聞，不影響食欲。因此讀西西《候鳥》，敘述者素素說道，學校蒸飯有抹布氣味，同學不願拿飯盒去蒸，中午紛紛帶著飯盒到校門口燒水店，花錢請老闆從大鐵桶舀熱水，泡飯盒。我不解，抹布異味從哪而來？

便當的記憶應是溫暖而窩心的，聯想起抹布，夠倒胃口。每份便當都有它的身世。

飯冰冰

有時候會吃到冷便當。高中讀夜校，六點多開飯，早有同學耐餓不住，五點多利用下課時間就吃光了。我一時好奇，也曾試吃，而偶有忘記蒸飯（較常的是忘帶餐具，只好用便當蓋權充湯匙），便吃起冷飯來。覺得並不難吃，別有一番滋味，在心頭，在舌尖，有心情與口味的雙重新鮮感。

著有《深夜食堂》系列的日本漫畫家安倍夜郎，有一套「冷飯經」。他喜歡吃冷飯，在家煮完飯會故意放涼再吃。甚至用冷湯配冷飯，例如吃剩的味噌蜆湯，從冰箱取出，不加熱，澆在冷飯上面，稀哩呼嚕吃下肚；或者咖哩，冰箱放一晚，澆在冷飯上面吃；或者幾樣菜配冷飯。

雖然愛吃冷飯，安倍夜郎並非獨鍾於此，他是米飯博愛者，熱飯也愛。熱飯加魩仔魚，淋點醬油，做成茶泡飯，是他的享受。或者，熱騰騰白飯挖洞塞進奶油，把飯填回來，三十秒後奶油融化，淋上醬油，輕輕攪拌。

我也愛吃冷飯，但懷疑會不會傷胃。上網查詢，還沒看到答案，倒是出現不少減肥與冷飯的相關資訊。

坊間流傳，吃冷飯可減肥。有這麼簡單的事嗎？經查，原來是「抗性澱粉」的緣故。煮好的飯冷卻之後，抗性澱粉含量會提升，而抗性澱粉不易被小腸吸收、分解，吃了易有飽足感。但抗性澱粉畢竟還是澱粉，光靠「飯冰冰」來減肥，效果不大。

更何況，未加工的全穀類（糙米、全麥、豆類、玉米等）、未烹調的山藥、馬鈴薯、青香蕉、壽司飯等，都含有較豐富的抗性澱粉。改變飲食習慣，減少攝取分量，才是王道。

所以飯糰是好物。之前在便利商店買三角飯糰，會為要不要微波加熱而猶豫。不確知冷米會不會傷胃，加熱的三角飯糰又怎麼吃怎麼怪。自從知道冷飯的好，就釋然了。

安倍夜郎當然也喜歡飯糰。他提到他奶奶，黃昏煮飯時，會用剛煮好的米飯捏飯糰，調味海苔，包好，給他吃。飯糰用手拿都嫌燙，而奶奶竟然以這麼熱的飯捏飯糰，讓他十分懷念。

飯糰也是我的童年記憶。小時候外婆捏的飯糰，內容物可能只有白飯、肉鬆，但印象存留至今，飯糰帶著溫馨暖意，風味特別好。

不知道為什麼學生時代沒看過有人以飯糰當午餐，可能媽媽擔心分量不夠、營養不足。若帶飯糰，不用加熱，不怕忘記餐具忘記蒸，太方便了。若時光重回，我希望中午吃個飯糰就好。

吃一碗飯像橫越一座沙漠

難以想像，熱愛米飯的我，曾視吃白米飯為畏途，總渴望有人發明藥丸，可以取代吃飯。我沒有口腹之欲，沒有咀嚼食物的滿足快慰。吃飯，對我來說，只是例行公事，只是為了生存的動作。

年輕時候，吃飯成為苦差事。在外用餐，食鋪若僅提供飯食，我盡量點燴飯，只因它滑滑水水的，囫圇易吞，不須太多咬合。在家就無從選擇，無所逃避了。我媽憐我身瘦，盼我努力加餐飯，菜餚上桌後，會幫我盛一碗飯。不是一平碗，而是飯堆如山，巍峨聳立。我媽總把熱量與營養畫上等號，而米飯和肉類即為熱量的主要來源，一碗熱騰騰的白飯是基本款，因此必須多吃米飯，才有體力，才有精神，才有記憶力。直到現在，我爸八十好幾了，她還是每餐幫他添好高凸的白飯，一面擔心他吃得不夠飽脹，一面雜唸他肚子大。

為何我媽執著於吃飽撐著的飲食觀？是不是小時候家境不好，餓怕了，產生的補償心理？或是農業時代的舊時觀念根深蒂固，無法接受「七分飽」的飲食新理念？我不明白，也不曾問她。

小時候聽到的笑話。有孩子食量大，上學帶兩個便當，大的裝飯，小的裝菜，大人怕小孩記不住，交代道：「大便當飯，小便當菜。」以前覺得好笑，細想不對。便當裡裝了什麼，掀開盒蓋不就知道了？但更讓我難解的是，怎麼有人能吃那麼多啊？那是年少的我做不到的事。我吃一碗飯，就像橫越一座沙漠，跋涉千里，一望無涯，走也走不完，一如桌上一碗白飯，白茫茫，怎麼吃也吃不盡。經常，一頓飯吃完要兩個鐘頭，那是我念高中夜間部時期，吃完兩點鐘，正好上學。時值青春年華，吃飯理當氣吞如虎，於我卻如此艱困。

是五穀雜糧救了我。三十餘歲我搬離父母家，自立門戶，自己下廚，為健康計，糙米搭配十幾種穀類，煮出來的飯，粒粒味道、色澤皆不同，口感佳，有咬勁，且分量隨意，吃不夠再添，不必面對白色巨塔般的一碗白飯。我終於吃出米飯的滋味，此後不愛吃麵，不愛米粉，獨鍾米飯。白飯、黑飯都好，做成炒飯、燉飯、焗飯也很好，唯有燴飯，屬於記憶的食物，滑滑水水的，我反而不愛了。

人生的事很難講。即使個人好惡，也會在某個時期突然三百六十度大迴轉，曾經棄之如敝屣的，後來成為最愛，一度著迷眷戀的，轉眼視若無睹。日前讀詹宏志文章寫道，初中時無來由的，突然決定再也不要吃魚。直到十幾年後聚餐時，迫於情面，破戒開吃，從此一試成主顧，愛上海鮮。這種心境我可意會，我吃米飯，亦如是。

身體髮膚

身為路癡，我很抱歉

我如果因為做了什麼事而遭報應，那必然是常指錯路，讓問路者誤入歧途。但我不是故意的。

往往，被問路的當下，我是很有把握的，腦子裡的地圖攤開，東南西北，上下左右，很快就辨識出方位，熱心回答。可惜，這一生，指路幾乎不曾對過一次。問到我，形同問道於盲，他們事後一定覺得這年頭人心真壞。我就像個失靈的卜卦者、見識不清的人生導師、押錯寶的股票名師。

指點迷途，指向雲深不知處，真是罪孽深重。印象最深的是，在台北北門，汽車經過問我西門町，我順手一指，車開過我才想起，錯矣，那會開到大稻埕。曾經把想去中正紀念堂的洋人指點前往台北火車站。最讓我汗顏的是，某次在火車站月台，一位阿嬤問我到某站要在哪搭，我手指面前停靠待駛的列車。阿嬤上車後，車開走南下，我赫然想起，阿嬤的目的地是北上，而非南下。

路癡問題，不只走過的路記不得，更困難的是，方向難辨。因此，搭乘捷運會坐錯方向，或走進建築物裡，轉個一圈，已經忘記入口在哪。

多看地圖便好？實在說，會看地圖就不是路癡了。路癡有一種天分，地圖與眼前位置兜不起來，端詳半天，還是按照直覺走，這一走，不對。

路癡或許無藥可醫，據研究，這和左、右腦的發達程度有關。所以我羨慕鴿子，羨慕鴿子於茫茫天空中仍能辨認方向。在路上，有路標、屋宇，我仍常走錯路，最可怕的是走進巷子裡，轉一轉，出來便方向難辨；有時跟著感覺走，義無反顧行進，走了好一陣子才知道背離了原定的方向。

羨慕鴿子，但不用佩服。鴿子會認得回家的路，研究認為是因為鴿子大腦能接收地球的磁場。雖然還有其他說法，但都屬天生本領，像倦鳥歸巢一樣，飛來飛去不迷航。

認路是天生的本領，迷路也是，一如個人腦子結構，數理或文史能力強弱，實乃天賦。插個話，既為本能，能力便有極限，信鴿或於兩個定點往返，或從一個地點返家單線飛行，但無法像郵差一樣，投遞信件到任何地點。讀過一部武俠小說，主角浪跡天涯，一路卻收得到飛鴿傳書，簡直亂寫一通。

網路有文，以「為什麼會有路癡這個物種」為標題。方向感好的人無法體會隨時處於迷路狀態的人生，一如會唱歌的人不懂怎有五音不全的音癡。既已無藥可救，能做的，就是把一條路多走幾遍，走到熟爛，便不迷失。更重要的，有人問路，謹守一問三不知原則，沉默是金。

麻醉好難

說到麻醉，我心頭便蒙上一層陰影。

麻醉一事，過與不及，皆可怕。不夠，痛死人；太過，不會痛，但是會死人。

我的麻醉惡夢，來自牙患。最近也是最慘烈的一次，是植牙。

幾年前，三顆假牙構成的牙橋裡面，作為支柱的中間齒根斷裂，不得不植牙。母親介紹了幫她植牙的牙醫，說既安全又不痛且便宜。

照完片子，醫生說，狀況良好，可以植牙，甚至馬上進行也行。我一時昏頭，決定速戰速決。

先打麻藥，但注射後好一陣子，嘴唇並未膨脹發麻，還能正常喝水，與我經驗中的狀態不同。這家牙科很奇怪，一次放好幾名病人上來，坐在診療椅上，幾位牙醫轉枱般接力看診。做植牙手術的是院長，麻藥注射之後，我至少呆坐了十來分鐘等院長，而期待中的麻木，始終不曾來到。

我有自知之明，或許是體質的關係，不易麻醉，因此每次拔牙都提醒醫師。這回我也告訴牙醫，這一針下去好像不麻。醫生說：「本來就這樣啊，其實你已經麻了，是你自己不知道而已。」好吧，人家是留美醫師，不會連麻不麻都不懂，要相信專業。

等手術開始，臉部蒙布，只露嘴巴。突然鈦金屬鑽進牙肉，我痛得大叫，差點噴尿。牙醫立刻補打一針，隨即再鑽，我又慘叫；續打一針，繼續鑽，我仍然啊啊叫；又補打一針，再鑽，我還是大痛大叫。

整個過程幾乎是在無麻醉狀態完成。手術完畢後，四管麻藥才漸漸生效，我的半邊臉麻腫無力，整個人疲累無比，癱軟在椅子上，數小時無法動彈。

麻藥不麻初體驗，是在二十歲拔智齒時，前後追打了四針，歷經一個小時始見效。記得那隻智齒頑強，拔不下來，醫生打電話找來助手，兩人合力以槌子敲擊才完成。

這印象太深了，永遠難忘。而在幾年後的一次拔牙中，麻藥效力不全，我清楚感覺到器械鑽進鑽出，牙齒連根拔起之痛，彼時起我才確知我有麻藥障礙。

幾十年後的這次植牙，醫師不信我不麻，手術中我雖然痛得叫出聲音，但用意是警告醫師，麻藥不麻，快補打，我未喊卡，也未逃離，就像刑求逼供仍拒不吐實一樣，浩然正氣。經此植牙，我確定兩件事：一，不要太相信醫師的專業，自己身體自己救；二，若遭刑求，我可熬過來，我沒想像中的脆弱。

然而，事後想起，餘悸猶存，以致之後該做的植牙，我拖了好幾年，直到不能再拖，才硬著頭皮上刑場。幸好這回打了七針，多了點，至少是在麻醉中手術。麻醉是一種幸福。

色盲與色弱的隱喻

我從不認為自己色盲，也從未想過我有色弱，只是從小學起，每次體檢，都會看到一個圓盤，密密麻麻，布滿許多色點，受檢者要說出裡頭的數字或圖形，而總有一兩圈，我認不出來。後來聽說這叫「紅綠色弱」。

我不知道怎麼會這樣，也不在乎，直到大學畢業前考預官，領報名表，才知道大有關係。

預官依分數高低，分發到步兵、政戰、砲兵、行政等職務。聽學長說，當步兵會累死人，偏偏步兵名額多；政戰要入國民黨才行，我雖心恨黨國不分，但無可奈何；相形之下，行政名額少。要如何考上預官，又分數不致高到當步兵呢？想想難度太高，不如加考特官，多考一兩個科目，無論考上經理官或運輸官，都涼快得多。

不料體檢時，檢查人員考我一兩個表，我答不出來，他逕自蓋下「色盲」章。學校教官說我色盲不能考運輸官，因此特官不能報名。這就是我後來當步兵排長的緣由。

原本我也斷了考駕照的念頭，直到過了三十歲某日，報載色弱可以考駕照了。我去某家醫院體檢，負責的護理師，年紀有點大，問了一兩個表，我搖頭，她就說了聲：「你色盲。」拿起圖章就要蓋下去。我一急，攔街喊冤，說我不是色盲，只是色弱。她很不高興，說：「色盲就色盲，還說不是。」她看我擺臭臉，面露凶光，才心不甘情不願從抽屜裡拿出一個本子，翻開來，問我什麼色。上面圓圓的，有一塊紅色，另一塊綠色，她反覆問了兩輪，我都答對了，她心不甘情不願的，蓋了另一個章，上頭標明：可以辨別單色。這就是我後來有駕照的緣由。

查資料，色弱之中，紅綠色弱占九成以上，患者以男性占大多數，每百名男性有八名患者，而每兩百名女性只有一名患者。至於色盲，每百萬人才有一人。色弱者，能分辨大部分的單一顏色，若多種顏色相混，則可能無以分辨。因此分辨紅綠燈不成問題，駕駛不致構成困擾，這與色盲是不同的。早期公部門把色盲與色弱畫上等號，使色弱者失去許多權利，簡直是理盲腦弱。

視力檢查，考問色盲圓盤，看不出來就是看不出來，有的檢查者誤以為我來亂，口氣不好，動輒以質疑口吻，問我怎看不懂，並要我把同色系圓塊的點點以手指描出，讓我有一種被羞辱的感覺，而那家醫院護理人員的態度更讓人冒火，彷彿我生了見不得人的病，或者故意不配合檢查。後來我讀蘇珊．桑塔格《疾病的隱喻》，想到的不是書中舉出的結核病、癌症、愛滋病等重疾，而是色弱、色盲。

觀看草間彌生畫展，無數圓點，看得頭暈驚嘆之餘，直接聯想的，就是年輕時不愉快的體檢記憶，以及草率粗魯的檢查大人。

曾經不甘心，不認命，幾度上網，找到色盲檢查盤，看著上頭亂七八糟的色點，問網友裡面的數字和顏色，我才知道，紅沒問題，讓我混淆的是綠色，至此我終於死心了，承認自己不像一般人色色的，我色弱。

墮入食物依存症的十八層地獄

曾經，動輒斷食三、五天，不以為苦；曾經自敷芽草，日飲蔬果汁；曾經，視進食為畏途，口腹無欲。這樣的我，曾幾何時竟然淪為貪吃鬼，不讓腸胃放空，就像大象吃個不停。與其說素食易餓，不如說靈魂飢渴，要用食物填補。沒有食物咬嚼，空虛的身心怎麼安頓？

懷念過去腹部常空、小腹平坦的歲月。

海明威回憶當年辭去記者一職，專業寫作，專業退稿，無收入，窮。為省飯錢，中午常瞞騙妻子，說要出外和朋友聚餐，實際上沿著特定路線，到盧森堡公園小坐。這條路線是他特別安排的，沿途沒有麵包店、餐館溢出香味，沒有露天用餐座位，不會刺激視覺、嗅覺進而誘發味覺。

海明威也常踅到博物館看畫，打發時間。他發現空腹時，感官彷彿全面打開，心思靈敏，看塞尚等人的畫作更能感受筆下意境，而肚子也不覺得餓了。

看到這一段，想起我爸爸，小學時沒便當可帶，中飯時間，一個人跑到操場，晃到全班吃完才回教室。我爸不會在子女前吹噓豐功偉業，這段故事是我媽講的。她說了好幾次，用意可能是要我們惜福，或者因此產生孺慕之情，多親近老爸。

說來也怪，沒飯吃的爸爸，身材高大。可見不吃飯無礙於長高。

現代人很少餓死，大多是吃撐了出問題，文明病幾乎是吃太多而來的。可憐的我，中年後也和芸芸眾生一樣，墮入食物依存症的十八層地獄。

有身陷地獄不得超生之感，主要來自入口之物多為垃圾食品，尤以餅乾——許多中醫眼中營養健康的大敵為大宗。可能是圖個方便吧，靈魂飄蕩從手腳懶散開始，人一懶，飲食最好抓來即可入口，糖果、餅乾、蛋糕便成為獵物，而水果唯有香蕉具備這項條件，也是進補大宗。煮飯做菜太過麻煩，下廚次數愈來愈少，撿食成為習性，如毒品，一沾難戒。即以餅乾為例，通常立誓只吃一口，只取一片，卻愈吃愈順口，欲罷不能，終致一整條一整包囫圇吞下。懊惱，懊悔。

吃多了便為後遺症為苦，最常見除了腹脹之外，兼帶心悸，心跳砰砰。像戒斷菸毒癮頭一樣，一時痊癒，卻又復發。許多許多年後，結合了若干因素、幾番因緣，才戒除成功，功德圓滿。

意志力弱，不堪回首，但有時是故意自我放縱，以毒攻毒。想到張深切講戒食。《張深切全集》有一段寫他的姊姊，曾偷吃豬肉，被母親責罰，把她關在房裡，要她吃完一整盤豬肉，吃不下就責打。張深切說：「後來吃完了沒有，我可沒有記憶，總之覺得這是一件很新奇的處罰。聽說前年日本投降後，駐在日本的美國兵，一發現日本人偷吃他們的東西，他們就拿出被偷吃的東西，強要他吃到底，不吃就打。」

除了間接經驗，張深切還有親身體驗。〈食色性的問題〉一文，他提到自己愛吃甜食，十五歲在東京留學時，和同學甲偷偷花了兩毫錢，買十二塊大福糕，背著小氣的同學乙吃，不料被撞個正著，他們和同學乙打賭，只要對方能一口氣吃下這十二塊甜糕，免費相贈，若吃不完，則須賠錢。同學乙不過五分鐘，就把甜糕全數下肚。他們覺得虧大了，反過來提議，請他也買同等量甜糕，他們二一添做五，一人吃六個，同樣吃完免付費，否則賠錢。張深切心想一人六個，還不容易，不料吃到第五個，撐得難過，感覺畏膩，為了錢，硬給嚥下。這最後一塊甜糕，就成為張深切戒掉甜食的特效藥，爾後一見點心，輒聯想起競吃大福糕的故事，一陣噁心，從此斷了愛吃點心的嗜好。

我想起服役時，在訓練中心，同袍抽菸被活逮，手法如前所述，人性不足的班長把菸塞滿該學員嘴巴，吞雲吐霧，過足癮。有沒有戒菸成效，就不知道了。

又，曾聽說某老師聽到學生講髒話，處罰方式是讓他罰站，像連珠砲一樣，不斷重複同一句髒話。要講就一次講到爽。

甜食難戒，那就吃到飽吃到噁，一陣反胃之後，漸漸反感。這招多多少少有點效果吧，雖然見效時間或長或短。死馬當活馬醫，總是無計可施中的辦法。

拔而後快，一以罐之

拔罐器是我的好朋友，筋骨肌膚的良朋益友，若無拔罐器，很難想像我還能不能折腰、屈膝，或許至今仍然不舉——臂膀疼痛緊繃，舉不起來。

從年輕到現在，身體總是這邊痠那邊痛，幸賴自己拔罐三十餘年，獨樂樂，受惠良多。

說到痠痛史，記憶所及當溯自當兵受訓期間。追趕跑跳蹦之時，跌跌撞撞。最慘烈的是膝蓋，常被槍托撞到，痛到不能蹲。請家人寄痠痛貼布給我，那一陣子連上長官發信，聞到濃濃中藥味的，就是我的家書。或許如此，當我膝傷掛病號，不曾遭疑裝病，那藥味，說明了一切。

可能腿瘦吧，我的膝蓋，凸起一塊，缺乏肌肉保護，加上平衡感與距離感不太好，坐著起身時膝蓋常撞到桌緣，走路則撞及兩旁物品。新舊傷前仆後繼，年紀輕輕正值壯年的我，好多年來不好蹲。最苦的是如廁時，當時我還不會用坐式馬桶，覺得投彈後水濺起來有點噁心。家有蹲式便器，便是為我特別打造的，但每次一起一伏，咬牙切齒，痛。

肩頭之傷，原因不明。總之臂不能舉，膝不能蹲，未老先衰。直到後來知道人間有種工具叫做拔罐器。

不為治療，不管穴位，哪裡痛拔哪裡，只要避開禁忌部位，時間拿捏適度，大致安全。一年半載之後已能蹲能舉。此後肩腰背膝，一旦卡卡不對勁，則放置杯罐於患處，以槍抽氣，吸起皮膚，DIY，幾分鐘，通行氣血，疏通經絡。其間偶有凸槌，例如一時大意，杯罐停留過久，長出水泡，致使皮膚受傷，其他尚堪滿意。

二〇一六年里約奧運，不少選手包括美國泳將「飛魚」菲爾普斯，身上現出紫色拔罐痕跡，吸引眾人目光。外媒好奇，稱之為「東方神祕力量」。台灣媒體跟進，訪問中醫師等專家學者，就拔罐的原理、方法、功效、限制、禁忌等，一一解析。但也不乏對此全然陌生卻不甘寂寞的人妄加評論。例如一家知名科學網站，索性以「拔罐只是安慰劑罷了何以盛行」為題探討。殊不知未經科學驗證不代表只是無效的安慰劑，一如神鬼之事未經驗證，誰敢說不存在？

其實，有效無效，如人飲水，冷暖自知。不必盲從跟著喊讚，也不要盲用。而自比科學先進，對不明白的事物嗤之以鼻，也不必要。我享有拔罐之惠，這就夠了。

失眠，頭暈，你要哪一樣？

不知哪一年起，近中午之後喝咖啡，一定失眠；之後，啜飲咖啡的時間，被迫節節提早；如今，更是必須在清晨六點以前飲用完畢，否則夜裡必定難以入睡。這是幾經實驗，付出代價，所得到的經驗。咖啡族沒有人比我更慘的了。

說咖啡提神，我是不知道啦，沒精神的時候，喝一桶咖啡也一樣，但可解除頭暈，可緩解輕微頭痛，倒是真的。頭痛劇烈時，普拿疼就可搞定，最怕暈，按不到痛點，整個頭暈暈脹脹。

據中醫說法，頭暈不一定是頭暈，可能是腸胃引起的。吾家公主去年頭暈，吃了好幾款頭痛藥，無解；看了好幾家耳鼻喉科，無解。西醫說可能貧血，去大醫院抽血檢查吧。後來我向中醫描述症候，說癥結應該是腸胃。帶她去看診，中醫問腸胃狀況，又問是否後腦某個點會緊緊的不舒服。對啊，就是這樣！醫師把脈，開藥，終於不暈了。

或者不是腸胃，而是如我，心脈不強，血液打不上去，導致腦部缺氣而頭暈。我想起日常好幾次蹲下起立後眼前一片黑，一直以為貧血，中醫說不是，是心臟不夠勇啊。

這種暈，吃頭痛藥沒用，咖啡是唯一救星。有時候，頭暈暈，腦鈍鈍，只好下猛藥，喝咖啡。寧可失眠，不要頭暈。就算失眠，至少以不暈的頭部陪伴失眠。

我不是那麼害怕失眠，自有與失眠共處之道，並不影響第二天的精神。失眠最怕的，除了白天精神不濟，另外就是焦慮。焦慮今晚睡不著，焦慮睡眠不足，未戰先敗，未眠先失眠。雖然我不怕失眠，但睡不著，漫漫長夜也很辛苦。

失眠時躺著，不知道該怎樣擺布身體，翻覆易落枕，平躺像活屍。這時需要一種船，像搖籃一樣搖搖晃晃的船。

劉墉在一篇散文提到，一次清晨搭乘朋友的遊艇出去，看見海灣停著很多有艙的小船，降帆投錨，靜浮水上。朋友減速慢駛，以免擾人清夢。這是一種「計程船」，供給乘客晚上睡覺之用。這些人為失眠所苦，必須借助水波搖晃幫助入睡。

長大了，不可能再睡搖籃，吊床庶幾近之，但我無福享受。前幾年在花蓮，民宿主人借我吊床，掛在兩樹之間，在星輝燦爛裡還沒放歌我就先睡著了，沒多久翻個身摔了下來，幸好腳先著地，安然無毀。

看來得找艘旅館船來睡了。汽車旅館是用來嘿咻的，船旅館是用來睡的。但哪有這種船啊？

白蟻吃掉的家

事隔多年，白蟻肆虐的視覺震撼，餘悸猶存。

在此之前，對我來說，白蟻，只是大水之前，滿天飛舞，從紗窗鑽進人家，盤旋燈下，有時落翅滿地爬的蟲子。儘管討厭，似也無害，從未想過其破壞力。直到那一天，如尋常日子，心血來潮，從書架抽出久未翻動的書冊，想要擦擦灰塵。心思忽有所動，俯瞄一下書頁，發現色澤有異，紙頁凹凸不平，打開書本，阿娘喂呀，表面無異樣的書，內裡早已坑坑洞洞，密密痲痲的白蟻窩居在內。鄰近一排書，好幾本都遭了殃，趕緊把這些書扔到陽台，噴殺蟲劑，曬太陽。

白蟻識字，吃的書，是《昆蟲記》系列。如果說，隱藏一片葉子最好的地方是森林，隱藏一本書最好的地方是圖書館，那麼隱藏白蟻最好的地方就是《昆蟲記》了，是這樣嗎？

觀察白蟻吃書的軌跡，先是一點突破，既而沿線開挖，最後打通隧道，再透過每一頁或長或短蜿蜒的隧道，往下一頁探鑽。若把書抖開，就看到剪紙藝術般，滿目瘡痍，怵目驚心。

想到白蟻不會只吃紙類，木頭呢？察看木櫃，有黑色或灰白色的白蟻排泄物構成的蟻路，有些地板鬆軟、鼓脹。白蟻已大舉入侵了。

經探聽，我所居住的樓房，雖然只是小小公寓，但樓上住戶可是「好額」（富裕）人家，他們把兩層樓打通，裝潢富麗堂皇，但老在施工。有一回上樓問師傅，他說，是白蟻。地板被白蟻吃穿了一個個孔洞，他們團隊每半年就來把地磚敲掉重鋪。聽到毛骨悚然。這什麼世界啊？

走為上策，搬家。然而看了幾間房子，最後決定原宅整修。剛好樓下住戶搬走，空在那兒，我們便搬往下一層。我先把書分裝幾個紙箱，自行搬到樓下，次日喬一下位置，紙箱一抬起，地上綿綿密密斑斑點點，這什麼啊？赫然滿地白蟻，看得頭皮發麻，雞皮疙瘩直冒。白蟻不知從哪鑽來的？只一晚就集結完成。彷彿糖粒招來螞蟻，紙箱也誘來白蟻大軍，幸好發現得早，否則這箱書不知哪幾本要遭劫。

先破壞，再建設，維修期間師傅從衣櫃裡挖出來、從天花板拉下來，幾個大蟻窩，牠們早已違章蓋起豪宅。新的家，木質地板全換成磁磚，踢腳板也避用木製材質。衣櫃、書櫃雖然不可免的採用木材，也請除蟲公司來上藥。聽說除了定期保養，保持乾燥是防蟻害不二法門，從此除濕機每天運轉，祈禱白蟻別再來我家建屋築窩、傳宗接代。

遭白蟻吃掉的家，重新裝潢，花費百萬元。以前聽新聞報導說，白蟻為患，導致古宅垮塌，整棵樹倒下，覺得不可思議，後來見識其水滴穿石之力，完全相信。白蟻，我敗給你。

看電影的相對論

年假期間，進電影院看了《大象席地而坐》。之前內心幾經掙扎要不要看這部電影。有所遲疑，不是因為電影風格陰鬱，不是因為內容不夠刺激催淚，而是片子太長了，長達四個小時。會不會憋尿難受？會不會疲累打盹？會不會膝蓋久坐不適？

更大的擔心，是近幾年很少跨進電影院的原因：少數觀眾會發出噪音，仿若老鼠屎壞了好電影的一鍋粥。塑膠袋窸窸窣窣，手機答鈴，LINE叮咚，有人接起手機：喂，交頭接耳，聊起天來，什麼樣的奧客觀眾都有。何況我要看的場次從十一點二十分演到三點二十分，正好跨越用餐時區，免不了爆米花、炸雞，香／臭味四溢。

但顯然是多慮了，電影剛開始時還會稍皺眉頭，隨後漸入佳境，心境融入劇情，不知不覺四個鐘頭便過去了。想起多年前，在中山堂觀看楊德昌《牯嶺街少年殺人事件》的四小時原版，原本忐忑不安，一開演心神便定住了，演完時看了看時間，真的四小時。

這時更不得不佩服愛因斯坦，他以那麼貼切而淺近的例子解釋「相對論」。愛因斯坦寫過一則短篇實驗報告，題目是「外在感受對時間膨脹之影響」。為此他撰寫實驗摘要：「一個男人與美女對坐一小時，會覺得似乎只過了一分鐘，但如果讓他坐在熱火爐上一分鐘，會覺得似乎過了不只一小時，這就是相對論。」

愛因斯坦做了一個實驗，請卓別林安排他的漂亮妻子與他在酒吧見面，當他自覺過了一分鐘，看手表卻發現，其實已過了五十七分鐘。回到家後，他插上鬆餅機插頭，把機器加熱（原本要用火爐，但無火爐，便改用同樣可高溫加熱的鬆餅機），然後穿著長褲和襯衫，坐在鬆餅機上面，覺得似乎過了一小時，看手表發現實際上過不到一秒鐘。

好看的作品不嫌長，難看的作品再短也覺冗贅。看電影，讀小說，這種心情很明顯，同樣的小說頁數或電影長度，會有「怎麼還沒完啊？」「怎麼一下就看完了？」的感覺對比。這種感覺最真實，好不好看，不用多想，就明白了。所謂「酒逢知己千杯少，話不投機半句多」，大概也是這意思吧。

這次看《大象席地而坐》，更加不可思議的是，四個小時下來，全場竟然沒有一點雜音——沒有手機的聲音，沒有塑膠袋紙袋的聲音，沒有交談的聲音，沒有打瞌睡的聲音，且無人中途離席，直到最後字幕跑完，才有人起身離開，自看電影以來，不曾有過如此這般景象。

何以如此？我想，現場觀眾應該是熱愛電影藝術的同溫層吧。本片屬性清楚，是華語電影，片子長，不致被誤為好萊塢強片或賀歲片，電影也未強力宣傳，因此沒有觀眾誤闖誤看，沒有觀眾不耐或氣憤。

電影十分沉重，但看完帶著愉悅的心情回家，或許他日劇情遺忘了，我還會記得這次美好的觀影經驗。

電影院的噪音

電影院要賺到我的錢並不容易，我不喜歡進電影院看電影。多少有點宅人心態，但不是癥結所在，而是在密閉黑暗空間裡與一群人觀影，干擾太多。可能是我的個人問題吧，易被外界干擾而分神，無法完全投入劇情。

最大的干擾來自於雜音，而製造雜音的首惡，莫過於裝有食物的塑膠袋與紙袋。聲音不大，但在那樣的空間，彷彿擴音般鑽入耳膜。如果片中場面盛大，熱鬧喧囂，音響環繞身歷聲，足以蓋過雜音；怕的是場景安安靜靜，當整個人融入劇情，沉浸在哀傷氣氛中，凝心於懸疑情節裡，或者抑鬱在低迷氣息間，陶醉於抒情氣韻之際，突然有人張牙舞爪，或打開塑膠袋，手伸進去掏出食物，因摩擦而發出窸窣聲音，即使細微，聽在耳裡，其震撼直如虎嘯雷鳴，刺耳錐心，教人難耐。

更何況有些釋出的味道真可怕，構成聲音與味道的雙重折磨。不過香與臭是很個人的，很多人迷戀奶油味撲鼻的爆米花，我卻超怕，此物與炸雞令我掩鼻。

儘管電影院對消費者攜入的食物有限制，包括味道濃郁的，如炸雞、薯條、漢堡、披薩、滷味、臭豆腐、鹽酥雞等，高溫熱燙如泡麵、關東煮等，但奶油爆米花不在其中，可見純屬個人好惡。

常私心期盼，電影院禁止飲食，就像在國家劇院看戲一樣，但心知肚明這是不可能的。有此一書《大銀幕後：好萊塢錢權祕辛》，其中一章〈爆米花經濟〉明白道出關鍵：戲院最大的利潤，並不是電影票或廣告，而是零食和點心，其中爆米花獲利最高，每賣出一塊錢，利潤超過百分之九十。因為小小一碟玉米粒，就可以爆出一大堆玉米花，比例高達一比六十。

據說，二十世紀初，美國電影院經營，走的是歌劇院式的上流路線，且因為放映的默片須配字幕，觀眾以知識分子為主，因此球場、馬戲團等處，大受歡迎的爆米花，被各電影院拒於門外。直到經濟大蕭條時期，業者為了自救，賣起爆米花來，觀眾有吃有看，電影成為大眾娛樂。門戶既已洞開，飲料與零嘴長驅直入，形成今日的觀影模式。視聽與吃喝結合，乃大勢所趨，不可能走回頭路了。

此外，視線被遮擋、後面的人踢椅子，也都令我困擾，只怪自己定力不夠，修為不足，只好避遠，寧可在家看DVD。

紛擾既多，有時電影劇情忘了，銀幕下觀眾的反應還存留腦海。印象最深的，一是《林北小舞》，不知哪來一群中學生，把戲院當速食店，聊起天來，嘰嘰喳喳，其樂融融。另如《色戒》，梁朝偉、湯唯那幾場戲，隨著梁朝偉一進一出，隔鄰婦人跟著發出唉喲聲，這是我遇過最入戲的觀眾。

輯三

書房的門裡與門外

書海無邊，網路是岸

——現在是閱讀最好的時代

我偏要說，現在是閱讀最好的時代。

是的，在文學式微、副刊沒落、紙本書萎縮、實體書店一家家倒閉的遍野哀鴻中，我仍然要說，對閱讀者而言，現在是最好的時光，而此竟拜網路——傳說中閱讀的殺手所賜。

且從個人狀況談起。像我這類文字工作者，漸為記憶力退化所苦，有時只為引用一句話，確定一個意思，就得翻箱倒櫃找書。書在哪？那書在燈火闌珊處，只是不確定方位。及至找到書，印象中的那一頁那一段在哪？最慘的是掃盡全書，查無此文，原來記錯書了，只好重新搜尋。待找得，人已累趴，無以續稿。蠻牛廣告問你累了嗎？是啊，真累。

苦也，書到用時方恨多。書海茫茫，令人迷航。人之大患在我有身，屋之大患在吾有書。書滿為患，無處藏放，無法尋找。如何重建傾圮的記憶之塔？每思及此，我就懊惱未早學到錢鍾書作筆記的方法。錢鍾書起初自恃記憶力，初入北京清華大學即立志橫掃圖書館藏書，不筆記，以粗黑鉛筆畫線、眉批，公共圖書當自家的用。漸漸察覺此道不通，此後大量筆記，服膺「書非借不能讀也」法則，凡閱讀必留下成績，或抄錄，或記述自己的議論，前後引證，互相參考，日後整理起來，便是篇篇論述，而家裡不必太多藏書。幾年前《錢鍾書手稿集．中文筆記》出版，八十三冊，浩浩蕩蕩，外文部分還不計。這真是讀書界最美麗的工程。

真的，家中書一多，擠得滿坑滿谷，擱著不看不是辦法。書是這樣的：你不看，自然有人幫你看，我說的是衣魚（蠹魚）、白蟻。前者若是輕機槍，後者乃核彈頭，整櫃書不知不覺間灰飛煙滅。

時常想起杜十三。不是他的詩，不是電話恐嚇行政院長的新聞事件，而是他打造藏書的諾亞方舟。在上萬冊藏書毀於溼氣與白蟻之後，他大受刺激，自此一頭栽入電腦世界，上網搜集各種書的網站，打造e書房，把書藏在網路上。

諸行無常，諸書無藏。然而談何容易？早先網路撥接時代，網上中文書寥寥無幾，杜十三如何上網抓取呢？還得仰賴打字吧。但是打字何其累，傷肩傷腰傷背，不可等閒視之。現在便利多了，我輩大可倚靠網路，以鍵盤滑鼠代替剪刀漿糊，自製電子書。

工具書檢索更是利多。想從前，檢覈文史資料，比對百科辭條，其中酸苦，無庸多言，書籍一冊冊，又厚又重又硬又多，檢索翻閱，收取開闔，那是勞其筋骨、苦其心志的事。幸好網路日益發達，近年來，各式各樣的字典、辭典、成語典、百科全書等工具書，以及大部頭古典漢籍，一一上線，只需連線，善加搜尋，彈指間答案可得，讓我少瘦多少腰，少痛多少背，就像中藥從好幾包藥材簡化為科學中藥，方便輕巧，免煎煮，藥效稍差也尚可接受。

連《大英百科全書》也懶得查了。「維基百科」加減用，雖然錯誤難免，然而網海之水，能載舟亦能覆舟，運用之妙，存乎一心。掌握住其中竅門，謹慎以對，大膽上網，小心查證，便不致輕易落入陷阱。會在人云亦云的口水中溺斃的，大都是整合力弱、判斷力差、底子不硬者，這些人給他紙本百科也會查錯，別怪給網路。我現在把《辭源》、《大英百科全書》當書用，享受閱讀之樂，這又是另番滋味。

對一般讀者來說，網路與閱讀最深的關係，可能還是買書吧。在書店淘書與上網買書，樂趣不同，目的不同，不是書價折扣之高低，不是交通往返或時間之花費。在書店，逛個一圈，輒嘆書種之多，目不暇給，但若想要購買特定一本就得憑運氣，店內可能有可能沒有。連鎖書店店員會用電腦查詢，告訴你他們哪家分店有貨，但顧客會搭車輾轉移動去該分店買嗎？

書店再大，藏書再多，其實只是種類多，細察可知每類都殘缺不全得很嚴重。是的，很嚴重。你去任何一家大書店，乍看，書擺得滿滿的，琳琅滿目，先是驚嘆，好大的店好多的書啊，但若試著找某一作家的書，就會發現，數量很少。譬如西西，著作等身又這麼重要的作家，目前我在心目中書種最多的書店，卻只看到四本。但同一個作者的書，上網，只要書不斷版，幾乎找得到；相關主題的書，一搜尋，就出現了。這才是網路書店最迷人的地方。折扣並不是網路書店縱橫天下的關鍵武器，否則書價比網路書店便宜至少一成的水準書局，近年也不致營業額下滑。而採取統一書價制度的日本，獨立書店一樣難敵網路書店，經營得非常辛苦。

現代讀者比上一代有福，出版愈來愈難做，書，卻愈來愈多元，品質愈來愈高。如果你的閱讀範圍深廣，且能克服簡體字殘缺筆畫的視覺障礙，在閱讀領空裡可說是海闊天空任翱翔。簡體字書，不但社會人文書種多而整齊，翻譯文學更為可觀，在台灣因商業考量而無法出版的作家全集，往往一套又一套，任君選購。

現在是閱讀最好的時代，如果你常讀翻譯著作，更能體會。所謂「後出轉精」，用以形容翻譯出版品最為適切了。認真經營的出版社不時重譯經典，論譯筆之好，製作之精，大多數（不是全部）要比舊版本好上太多。說句傷感情的話，遠景、志文、桂冠等老牌出版社，名著翻譯，惠我良多，但已完成階段性任務了。

我在網路上閱讀，最大的快樂，莫過於讀到絕版書。書會絕版，想到就討厭，電子書可解決這問題。然而，遺憾的是，電子書的發展仍不夠健全，儘管近一兩年電子書市場似有增長之勢，出版社的電子書轉製率依然偏低。

說來矛盾，網路，是閱讀的殺手，也是閱讀的推手。網路閱讀社群與同溫層，是推動閱讀活動最大的力量。善讀者，應善用各種工具與資源，讓閱讀更可親，更方便。靜下來閱讀吧，因為現在正是閱讀的最好時代。

無房間的書房

接到邀稿電話，以「我的書房」為題，當下心裡嘀咕，找我寫這題目，開什麼玩笑？我沒書房啊。轉念一想，沒有，有沒有的寫法。更何況，無書房，才是最有特色的書房。

說自己沒有書房並不精準，正確說法是，我沒有專用書房，只有臥房兼書房。但在住家重新整修裝潢之前，我也曾有過個人書房。

現在這個家，剛搬來時，本來有個小房間，當時我已專事寫作，因此擁有配給這間作為書房的特權。起初只有一張書桌，一座內外兩層的大書櫃，不到幾年，添購了一部桌上型電腦。那大約是一九九七年吧，Windows 95 出現沒多久，我早先讀了陳豐偉獲得時報文學獎的短篇小說〈好男好女〉，對網路這項新興事物充滿好奇與期待，隱隱覺得網路一定可以改變什麼。但究竟能改變什麼，或改變到什麼程度，卻茫然不可期。

待因緣俱足，電腦出現在我眼前，引領我走入另一世界。

邀稿通知寫道：「書房是書寫的空間，也可能是會客、泡茶、飲酒、喝咖啡……，甚至『避難』的祕密基地。」豈止於此？寫作、編書、聯絡、聊天、吵架、喬事情、眉來眼去、怒目相視，全都在我的書房裡，只不過一切盡屬虛擬，都在兩坪不到的斗室之中悄悄進行，或者應說在十餘寸大小的電腦螢幕運作，拿掉這台機器便一無所有。這樣的書房便成為我的祕密花園，我的革命基地，期盼透過網路的合縱連橫，改變些許現狀，或顛覆，或重組，或尋求出口，從大大的社會現實到小小的文壇環境。如今講起來臉都會紅，但當時真的是這麼想的。是癡心妄想，是野心夢想，在步入中年，青春尚未褪色之時。

這個書房後來便不歸我所用了。原本兩位女兒共用一個房間，幾年後各自獨立，小小書房只好讓渡。另將臥房的陽台打通，擴充面積，闢出一角，書櫃、書桌、電腦遷移過來，當作書房。

臥房書房二合一了，但楚河漢界區分清楚。進門，先是床與大衣櫃，此外，則全被書房的內容物所侵吞。除了書桌、電腦桌，以及散居多處的幾疊書，書櫃、書架、紙箱、紙袋，裝的也都是書籍，兩個棉被櫃更早就挪來堆書——是用堆的沒錯，沒有隔板，一本一本堆起來，裡面疊完外面再一落，每有地震，則土石流，群書崩落，再一本一本撿回來，重砌書山。

兩房兼用的空間，門雖設而常開，君子坦蕩蕩，不須閉門造稿。不時家人來說話，小狗撲來磨蹭，工作期間無法入定。但這些都是藉口。寫稿不專心，每每愈近截稿日便愈分神，網路跑一跑，閒書讀一讀，掃地洗衣等家務做一做，床上小躺，吃吃喝喝，出外按摩、購物、閒晃，時間不知不覺流逝而焦慮加深。亂的是心境，不是環境。

如何入定呢？依照專家建議，沒書房至少要有書桌，須在桌前正襟危坐，凝神靜思。據說有了書房、書桌，稿子出得去，稿費進得來，寫稿發大財。日本學者西山昭彥在《勉強桌，造就千萬年收》一書中說，人只要用功讀書、認真學習，就會成長，為此，人生最重要的投資是個人專用書桌。沒有專用書桌，便無法站在起跑線上。出版文案甚至寫道：「四十歲，年收入七百萬台幣祕訣大公開！」「三十歲起，要改變人生，仍要先擁有專用書桌！」

西山昭彥又說道：「嚴格說來，客廳與書房本來就該有所區分。不過，就算是單一房間，只要擺上一張專用書桌，這裡就是書房，一個得以不受他人與其他事物干擾的空間。」

所云正確，然而不幸的，我連書桌也淪陷了。書桌鄰近電腦，卻如淤淺的港口，逐漸失去功能。只因我日日在電腦上，讀讀、寫寫、哈拉、查資料（查詢項目從文史、醫藥知識到吃喝玩樂等資訊），電腦桌於我，是基地台，對外聯絡收發幾乎都倚靠網路。它也是補給站，各類日常物品，我都收攏在桌上或周邊，觸手可得——隨時擦抹的皮膚藥；推拿膏、按摩棒、拔罐器；平板電腦、手機、充電器、數據機、寬頻分享器；維他命、零嘴；水杯、牙間刷……。小小書桌，早已堆置雜物，沒有桌面堪伏案，反而像生活機能不差的生活圈。我的日常。

我不是重度網路使用者，我並未時時掛在網上，甚至於長達數年連智慧型手機都沒有，一出門便與熟悉而相倚的網路世界隔絕。但我是重度網路倚賴者，電腦網路幾乎等同於我的人際網絡，一旦斷線，如同基地台遭拆毀，對外通訊中斷，人如孤島。因此書房與書桌對我的意義便有新的想像。

沒有書房也好，可保私密不洩。我不相信的說法是，書房若閨房，不可輕易示人；或說從書房可窺主人靈魂，察知祕密。關鍵出自書架，據云從藏書可探一個人的志趣、性情與品味。嗚呼，未必如此，至少於我並不適用。在這間臥房兼書房的地域，書架上排列整齊的書，多為一、二十年前所擺置，後來的書，在地，在桌，在椅，書如青山常亂疊。更有全家皆書房的概念，客廳、餐廳、廁所都有書，而書主分屬家中成員，來客豈能分辨何人所有？遑論若干主題的書全數關在有拉門的櫃子裡以及地下室，如此豈知我的閱讀偏好？又如何探知關心事物為何？

若問，可曾豔羨或幻想能像許多人一樣擁有書房？想不想如《魏書・李謐傳》所云：「丈夫擁書萬卷，何假南面百城」般坐擁書城的快慰？

想啊。有些愛書人，狡兔三窟，居家之外另有一間房子作為書房，書滿為樂。另備躺椅、小床，一書在手，與世隔絕，時光凝止。我羨慕，有人書房寬敞明亮，寫論述、詩文創作各有所桌，寫好一段落，轉個枱子，切換心境，改攻另一屬性的文字。但就像我常做的白日夢，也想擁有牧場、豪宅與小島一樣，曾經不只一次想像那樣的生活，編派那樣的生涯，但夢終歸夢，想想就好。

只要認真閱讀，專心寫稿，好好生活，書房於我如浮雲。

想想西西。紀錄片「他們在島嶼寫作」系列，以西西為主角的《我城》，片中幾位作家同業談到西西的書桌。詩人瘂弦說：「西西的書桌，是我見過作家最小的書桌，台灣任何一個作家的書桌都比她大。」小說家莫言也這麼說：「西西，在小地方寫出了大作品。」「八十年代我們來香港，常常讓她請我們吃飯，後來才知道她比我們還要清貧。」

在地小人稠的香港，過著清教徒生活的西西，書桌不可能太氣派，遑論一大間書房，但照樣寫出無數前衛佳作。

更寒酸的是台灣早期作家鍾理和。沒書房，沒書桌，他卻寫〈我的書齋〉，介紹他舉世罕見的書房、書桌。

文章開頭鍾理和就提到，別說書房了，他連書桌也沒有，家裡只有小茶桌和飯桌各一張。而用來寫稿的飯桌破敗得很，兩處破洞像碗一般大，兩隻桌腳腐朽不堪，搖搖欲墜，不得不拿木頭一同綁住。

如此克難。可是有一天，鍾理和發現自己也擁有一間書房了，庭院木瓜樹的掌形大葉，形成樹影，從秋分到春分的半年間，樹影斜過，足以遮陰。於是他搬來藤椅，當作書桌——「我的書桌是一塊長不及尺、寬約七寸的木板，一端手托著，另一端則架在藤椅的扶手下。」另備一條圓形几凳，置放稿紙和鋼筆水等。他在藤椅兼書桌上寫作，每隔半小時還得隨著樹影移動。

儘管辛苦，但鍾理和苦中作樂，做好心理建設，宣稱他的露天書齋是最好的書齋，再華美富麗的書齋都比不上它。它採天光，光線充足；它位於山腰，居高臨下，美景盡收眼底。他的結論是：「只要有一堆樹影，再加上一張藤椅，一方木板，我就有書齋，就可坐下來寫字，再不必為陰暗的屋子和搖擺的桌子而傷心了。」

家有書房有書桌當然好，沒有也不用妄自菲薄，有或沒有，與學習、閱讀、寫作的成果，沒有絕對關聯。

其實很多作家沒有書房，或者有書房但工作不在其中。有的租屋在外，有衛浴就不錯了，哪能奢想書房？有的雖有書房書桌，但或嫌在家難以專心，或桌面雜亂已無空間，只好移駕咖啡店，寫稿、閱讀、約朋友。書房對他們來說，實質意義不大。

沒錯，維吉尼亞．吳爾芙說過：「女人要寫作，一定要有錢和自己的房間。」吳爾芙活在女性角色飽受壓抑的年代，能夠經濟獨立，能夠在房間裡不受干擾，才可安心寫作。如今寫作者不分性別，且寫作不一定要在書房，只要一方小小不被打擾的空間，一部筆電，一刀稿紙，在圖書館，在咖啡店，在交通工具裡，都可寫作。書呢？一部電子書閱讀器（書目累加，具備一定規模之後）便足矣。

與其說我想望一間群書圍繞、窗明几淨、桌椅堅實舒適的書房，不如說我嚮往的是，移動的、自由的、不拘形式、處處無家處處家的，無房間的書房。

與書斷捨離

1

「如果一個人每星期要讀一到七本書，那他要嘛是身居豪宅的企業家，要嘛是出版社員工，要嘛經常跑圖書館，要嘛一次次地搬家——房子愈來愈大，地段卻愈來愈差，最後搬到郊居。我們家就是這個樣子。」

說這段話的，是安妮．弗朗索瓦，我喜歡的編輯人。她的書話專欄結集為《讀書年代：帶上所有的書回巴黎》。

因為書滿為患，斷捨離做不到，屋子住不下，安妮．弗朗索瓦一再搬家。有一次她在搬家前整理、篩選、丟棄藏書後發現，「如果當初當斷則斷，下狠心處理掉一部分書籍，這房子本來是夠住的。」

真羨慕為了放書而買一間或數間房子的人。沒這本錢，只好搬到更大的房子和書共住，然後哀嘆：「這房子本來是夠住的。」

安妮．弗朗索瓦這句話的另一面意思是，書本來是不用留那麼多的。買多不是問題，問題在買了又留著。留著也不是問題，問題是留得再久也不曾翻開來讀。一輩子供奉架上，不曾開闔的書，多不勝數。都想改天會閱讀，然而，最終的結局都一樣，全應了小學時讀的《明日歌》詞意：「明日復明日，明日何其多，我生待明日，萬事成蹉跎。」

2

讀書人或愛書人的天職只有兩件事：認真買書，認真看書。書買來不要光藏著，書籍內頁缺少指紋，就是暴殄天物。

書人之患，在於藏書，如衣服永遠少一件，書也永遠少一本，既得之，患失之，人被套牢，嗚呼哀哉；書人之樂，在於贈書，好東西與好朋友分享，千書散盡還復來，不亦快哉！

書拿來讀，比用來藏，重要。依據張亦絢說法，她之所以寫下《小道消息》這本書，是因為居無定所，藏書不便，是以書看完即散去，以為爾後圖書館或書店找得到，但是發現送掉的書往往如煙消逝。補救之道，不是藏書，而是筆記，以抄本代書。

錢鍾書學問大如海，人家以為他藏書萬卷，去他家參觀過的人都嚇一跳，書竟少得可憐，但他的筆記與他的學問一樣多如繁星，大如汪洋。

愛上書本的人，無不夢想讓書塞滿一整座書櫃，進而一整面書牆、一屋子藏書。但金屋藏書，需要財力，而讀書到某個階段，境界也自不同，從蒐藏到捨離，正是登堂到入室的距離。

直到大二，舉家搬遷台北，我才擁有自己的房間。最興奮的是，房間牆面有一大排書架，頂天連地。床尾衣櫃旁，也空間利用釘好一小排書架。我把原本寥寥可數的書本上架，開始恣意添購，很快便塞滿了。我媽看我床尾書架擺滿了書，問我這樣醒來看到一排書，壓力不是很大嗎？要不要掉頭睡？我說不會。怎麼會呢？看到書站在那裡，多麼愉快啊。

我媽很難理解這份快樂，我也不太明白她的憂心，我充分了解史書所云：「丈夫擁書萬卷，何假南面百城」的雄心壯志。每天，我在自己的房間，看書架，像閱兵典禮檢閱子弟兵的指揮官一樣，顧盼自得。

其實這些書架塞不了幾本書的。後來搬離，自立門戶，如今家裡櫃子不知幾個，明架暗櫃全給書住，更大的集散地是地板、沙發、桌椅。我早已脫離檢閱的快感，只剩下亂書不知從何打理，以及閱卷不完的憂慮。四十年前的顧盼不再，只能引錄方娥真詩句，紀念那個時候的自己：

顧盼是另一種拈花的風流
它浪蕩在眼波與眉宇間
而後揚長不見，沒有回顧

3

買書容易散書難。南北朝文人江淹，也就是「江郎才盡」的那位江郎，文章寫道：「黯然銷魂者，唯別而已矣。」最令人心神沮喪、失魂落魄的，莫過於離別。而對於喜歡買書，長年下來家裡書滿為患的人，不論稱他為愛書人、書蟲、書呆子，都一樣，要扔掉一本書，就像割去心頭一塊肉一樣，與書離別，黯然銷魂。

在愛書同溫層中，不時有書友分享與書斷捨離的心得與經驗，各自提出藏書離合的原則、作法與理由。但每個人的興趣、背景殊異，對書的需求與想像不同，再好的建議僅供參考，還得建立自己的取捨標準。

這個標準固然因人而異，即使同一個人，也依年齡而有階段性的考量。年輕時期，路向前方開展，且散往各種可能的方向，這時的生命是用加法堆疊的，讀書像海綿吸水，不太容易確定什麼書未來讀或不讀，留與丟，取捨難。

中年後，來日漸短，去日苦多，計算時日與讀書進度，自知有些看過的書沒機緣再看，有些未看的書看不了，且精力日退，無力開拓閱讀版圖。此時以減法過日子。對待存書，亦復如此。

因為有年齡層的考量，許多人建議、實行的「保存期限一年」法則，對我並不適用。

據統計，一年沒碰的東西，日後使用機率只有百分之一，《改變人生的一分鐘整理術》一書也建議，從書架挑出買了一年卻一頁也沒看的書，自問真的需要這本書嗎？以此決定書的去留。此說沒錯，然而以我個人習慣，擱淺一年甚至以上數年未看的書，許多只是來不及看，而待因緣聚合成熟，忽然勤於翻閱，愛不釋手。更有年輕時候幾乎不要的書，因為書架尚有空間，姑且留著，後來或興趣轉至，或察知其中的好，當年的垃圾，日後的寶。這樣的書，有的且已絕版，當年若率性淘汰，日後該有多懊惱。

是以，一年為期，時間到即打包遺棄的公式化作法，年紀尚輕、心性不定之際並不適用。必也年歲漸長，生涯大勢底定，始能大開大闔，團進團出。

我用的是消去法，先決定不再關注或資訊另可取得的主題類別。有些完成階段任務不會再讀的類別，如商戰、勵志、中國歷史、大眾心理等，大方捨去。文學類最難清，它向來是閱讀主力，只好立定原則：

一、以作者論。不知名，寫作成績平平，未來也不值得期待的作者，其作品可考慮淘汰。

二、以作品論。作品水準普普，可看可不看，且同一主題、手法，有更好更有意思的作品取而代之，可捨。

三、不被提起、不被想起、日久將遺忘擁有過的書。去之。

以大聯盟職棒球員為喻，有些書，如經典作品、具有特殊意義或感情、想要重讀的書，就是四十人名單，受到保護，其餘不符即戰力或潛力已失的小聯盟球員，只好釋出讓渡，希望他們另有歸宿。祝福。

裁員是為了公司營運，消脂是為了身體健康。當家裡的書多到找不到，當多次買回同一本書，當書籍塞得滿坑滿谷，居家品質變差，就是該清書的時候。

我這幾年，許多時間耗費在此。每塊地板，每一角落，每個櫃子、箱子、桌子、椅子，任一區域的書，只要清出一塊空白，都好。知道愚公移不了山，還是希望一土一石，搬離移動，清多少算多少。儘管速度如蝸牛爬步，進度目測不出，但仍相信總有一天，葡萄成熟時，我這蝸牛就會爬到。

想寫什麼、不想寫什麼，以及自己能寫什麼、不能寫什麼

我喜歡艾倫．狄波頓。

我喜歡才子才女。艾倫．狄波頓既有「英倫才子」之譽，一身才華可想而知。他著述勤快，但嚴格說，都不算是純文學創作，所以有才子之譽，無非博學多聞，善於融會貫通，消化各種議題，再以深入淺出方式與迷人多變的形式，傳達知識。

艾倫．狄波頓的強項是，他懂得用消去法，找到自己的定位。

他說，寫作之初，在明確知道自己想成為哪一類作家之前，先明確知道自己不可能成為哪一類作家。他自認當不了小說家（「我講不來故事，我發明不了人物。」），也當不了詩人，而且做不來學者（因為不想墨守學術規範）。

這個不行，那個不成，最後只剩下一個最適合的寫作形式，也就是他現在享譽全

球的隨筆。

隨筆難寫。隨筆作家，既要反映社會議題，以及人類生存的問題，又要以話家常的方式表現。依艾倫．狄波頓的標準，隨筆作家必須熟稔所寫的主題，必須用個人化的調子來寫，讓讀者讀起來像跟朋友談心。

艾倫．狄波頓初習寫作，就決定盡量寫得簡單一些。這樣做要冒點風險，若寫得太簡單，會被認為文才不過爾爾。不過他旋即想到，要附庸風雅、裝聰明，實在再簡單不過，只要故作高深，讓人看不懂就成了。

讀者有種心理，發現有本書看不懂，會以為作者比較聰明，因而自慚形穢，這是受虐心理。因此作家把作品寫得艱澀，其實沒什麼了不起。艾倫．狄波頓想通了這一點，決意以日常用語寫作，避免文辭艱深、賣弄學術。他很清楚，他所關注的主題：戀愛、旅行、美與醜、身分焦慮、分離與死亡的經驗等等，和每個人息息相關。

相信大部分有志寫作之士，能當詩人就當詩人，可為小說家則為小說家，很少有人立志專攻隨筆，但形勢比人強，不適合或不擅長的事，勉強而為，也只能成為詩壇或小說圈的牛後。那還不如當個隨筆的雞口吧。

要或不要，是或不是，「選擇」向來是艱難矛盾的事。很多人求神問卜、移樽就教，就為了求索一個答案。若不假他求，自己想通，則需有自知之明，而自知之明就不是才氣了，那是智慧，是真正的聰明。

當我年輕尚堪造就時，常有長輩親友勸我做這個做那個，考公務員、教書、留學、開文具店……，都好，不要整天抱著書，拿著筆。我固執、保守，心不動，身更不動。

以前沒有網路，沒人可以加油打氣，孤立無援時，強化自己信念的，往往就是一些名人小故事。不要小看這些勵志故事，讓自己相信所選擇的是擇善固執的「善」，就靠這些先賢軼事。

例如《聖嚴法師演講集》，某一章，提到的事。

一九七五年三月十七日，聖嚴法師在日本取得博士學位。當時台灣已經退出聯合國，也與日本斷交，國勢風雨飄搖。一位日本教授關心他，問道：「台灣已成國際孤兒，你今後如何打算？」

他回道：「聽天由命，一切隨緣。」

教授又好心介紹他到一間寺院當住持。他想，能在一間寺院當住持，那也不錯啊。但教授說，當住持必須娶妻。

為什麼必須娶妻？原來當時有一間小寺院的住持去世了，留下遺孀及年輕的女兒，未有兒子來接住持位置。那對母女必須離開寺院。教授心想聖嚴法師四十五歲了，尚未娶妻，大概可以遞補這個位置吧。後來母女兩人來看聖嚴法師，法師一想這形同相親，那怎麼行？他還是做一個不娶老婆的出家人就好。於是婉拒了。

聖嚴法師講這故事，主題是「自我肯定」。自我肯定，必須建立在自我了解的基礎上。自我了解就是：知道自己適合做什麼，不適合做什麼。

聖嚴法師舉例說，好多人對他說，以他的智慧才能，如果不當出家人，也能當到部長。但他了解自己不是當官的料。因此諸多名、利、地位、女色等，他都不要，那不適合自己。前述娶妻一事，就是他所指的「女色」。

因為這個緣故，聖嚴法師一心弘法。沒當過什麼黨部中常委之類的政治職務，也拒絕了國大代表的提名。一句話：不適合。人要做適合自己的事。

寫作者在思考想寫什麼、不想寫什麼之前，需要了解的，是自己能寫什麼，不能寫什麼，而這是每個寒暑假繁花錦簇般的文藝營不會教你的事。

逛書店，是逛書還是逛店？

「政大書城」台大店也關門了。多年前師大店撤離，關店前後也正是商圈爭議之時，頗具特色的飲食、咖啡店、音樂表演場所此後一一遷移或歇業，代之而起的小隔間服裝店林立，而人潮依舊洶湧喧囂如海嘯。物換星移，我也漸漸淡出師大商圈，不再信步閒逛，東瞧西晃。雖然只是一家書店，鎮在蜿蜒的師大路中間點，像是高速公路休息站，是轉運站，約會中繼點，是吃喝玩樂後沉澱的場域。自從它缺了空，宛如一顆蛀牙拔掉，在師大路留了洞口，每次經過，就覺得怪。沒想到台大店也要休息，台北從此沒有政大書城了。

政大書城的書其實不好找，它依出版社分類。這是金石堂書店早期書籍陳列的特色，金石堂各分店一進入，就會看到遠流、皇冠、時報等，行銷力強的出版社專櫃；其他如志文、遠景等，只能依主題零散上架。這當然是奇怪的排列，好比你要買《柏楊版資治通鑑》，不能到歷史類的櫃子，它在「遠流」櫃。

政大書城分類完全承繼金石堂。在台大店，繞過新書區，圓神、大塊、遠流、時報，獨立在中間，靠牆是天下、城邦、皇冠。往裡拐，規模較小的政府出版品住在公寓式的書櫃裡。書店沒有「華文創作」、「翻譯小說」、「企業經營」這種類別。如果腦子裡沒有書目，要找特定的書並不容易。但我早期常逛金石堂，習慣了，在政大書城，熟門熟路，找書很快。

據報導，政大書城創辦人李銘輝的理想書店，除了空間寬廣，也要對「附近方圓五公里都有影響」。但台大店位於公館，書店多，收掉影響不大。這個說法是實情，附近書店密度之高，十分罕見。這裡位置處於「溫羅汀」（我不喜歡這名字，生硬不親切，地理特性也不準確），是書圈，不是書街。書圈的樂趣大於書街。這一帶，也是機能健全的生活圈，吃喝玩樂，熱鬧繽紛。而小資本經營的人文獨立書店和咖啡館、音樂據點，散立密布，穿巷過弄，一家又一家，店不起眼，沒做功課的人，要尋幽訪勝，恐怕錯過居多。

這樣的底蘊，不是重慶南路可以相比的，即使重南書街恢復，人文氛圍也遠遠不足。是以我常說，很多消失的事物，雖然懷念，但是，你記得也好，也可以忘掉。有了新歡，何需舊愛？

我常逛的台大書圈，除了書店，還有偌大的台大校園，每每讓我流連忘返。此處除了誠品、金石堂等連鎖書店，大部分是獨立書店，我的新書九成買自政大書城、唐山，簡體字書籍則若水堂、山外（另有一家「問津堂」，早已結束了）。最值得一提的是唐山、明目、結構群、水準、古今書廊、山外、南天這種書店，沒有裝潢，不發會員卡，不是兼賣咖啡輕食的複合書店，書店就是書店，就像 TXT 純文字檔。沒有浪漫的空間，文青來此不會幻想撞到美遇見愛情，它們只是賣書的地方，從販賣行為延伸出來的，是精神氣質，是店主選書與經營方向決定出來的樣貌。果真是往來無白丁，談笑有鴻儒。一般人沒興趣對店面拍照，遑論取景拍婚紗。

是的，一點也不浪漫。從店主這一端來看也是一樣。書店經營者廖英良說得實在：「開書店就是希望以賣書來餬口謀生，至於形象、風格，我不清楚那是誰塑造的鬼曉得哪來的自覺浪漫的情懷。」

在〈關於採訪這回事，以及見鬼的書店觀光〉一文（收於《沒有獨立書店意識的年代》），廖英良怨道，逛書店已成為「老少文青追逐的時髦遊戲」，更常有人拿著相機，店裡店外拍個不停，拍完走人，書不看不買。也有學生來電要求採訪。以前來過本店沒有？呵呵沒有，但如果你答應受訪我們就去。

難怪之前的台南草祭二手書店激憤不平，祭出一百元辦會員卡才可入店參觀的激烈手段。這是店主對於書店淪為觀光景點的不悅。人氣，只會讓人生氣。逛書店，是逛書還是逛店？兩者兼有最好，但我只會看書、找書、買書，我是不解風情的現實主義者。

有人能談一下金石堂書店嗎？

常常忘了金石堂這家書店。不是真的忘記，只是在書店話題的文章中，不太有人提及，但其實一直都在，且努力調整，力圖轉型。偶爾有正負新聞出來，負如某分店經營方向偏移，收了；正如兼營網路，企圖開創新局。

雖然與一般實體書店一樣經營日益艱難，金石堂仍然擁有一片江山。不過在我的書友同溫層裡，論者不多。讀者談書店，不是誠品、博客來，便是獨立書店。金石堂，感覺存在感偏低。

也許是我個人錯覺吧，平時也很少逛進金石堂，甚至在去年之前，已有相當多年未踏進任何一家分店。我的漫遊路線只會經過三家金石堂書店，最近的一家，鄰近捷運古亭站，小小一間地下室，宛如大型文具店內兼賣圖書，除了新書與暢銷書，其餘進書看不出章法。汀州路本店，書雖不少，但平台與動線的設計，容易給人盡擺暢銷書的錯覺，必須撥雲，才可見日。最為可觀的是重慶南路城中店，改裝後頗有書卷氣息，但已和瓦解的書街一樣灰飛煙滅。

然而不管喜不喜歡，有無消費，愛逛不逛，愛書人都應感謝金石堂帶來的書店革命，媒體稱之為第一波書店革命（誠品是第二波）。金石堂是書店現代化的推動者，誕生後，書店給我們印象就不一樣了。矮矮的書櫃，明亮的燈光，優雅的氣氛，進去之後安心看書，一掃傳統書店賣場擁擠、燈光暗沉、書籍陳列雜亂（有些店甚至於圖書雜放未加分類）的不良印象。

金石堂，一九八三年一月二十日，以「金石文化廣場」之名在台北市汀州路成立第一家店，書店、服飾店、餐飲店複合為一，令讀者耳目一新。儘管之前有永漢國際書局（一九七九年）、新學友書局敦化店（一九八二年）、何嘉仁書店（一九八三年），但金石堂以連鎖之姿，大家之勢，分店如雨後春筍一一成立，書店的樣子為之不變。光統圖書百貨公司（一九八五年）、久大書香世界（一九八六年）、誠品書局（一九八九年）等跟進，賣場寬敞，圖書齊全，店面設計、動線安排、室內照明、商品陳設、空調設備等各方面都遠非傳統書局可比。此後逛書店成為享受，不擔心看白書挨白眼。

曾經有好多年，我常逛金石堂書店，不一定是看書，有時東嗅西聞，留意出版風向，因為金石堂著重於暢銷書種，遂可於其中觀察到社會脈動與消費行為的連結。這麼說可能讓人聯想起金石堂首創的「暢銷書排行榜」。當年詹宏志提出藉暢銷書排行榜觀察「社會集體情緒」之說，引發爭議，後來詹宏志不彈此調，也無人再議，但暢銷書屬性反映出相當部分的民眾心境，至今仍然是文化觀察的一個重點。附帶一提的是，不用文化菁英們提醒，我知道，暢銷書不等於好書，它反映的是量，不是質。而排行榜是可以操作的，有某大出版社要員工下班後去金石堂買特定的自家出版品，使之登上排行榜，我幫忙買過，所以知道。

我最喜歡的金石堂，是他們的《出版情報》雜誌，每月發行，介紹作家、出版者、產業動態、編輯故事與新書資訊，宛如雜誌型《開卷》。曾經多年我每個月會去書店門市索取。如今網路化更加方便，卻反而少看了。

金石堂受大環境影響，復遭網路書店衝擊，亟思求變，這份心力明顯可見。但它的著力點似乎不是很大，一來無法像誠品那樣，一方面開疆拓土，往中國、香港進軍，一方面販賣生活格調，給人朦朧幻夢。它也不能像獨立書店，以理念吸引死忠顧客。

許多與金石堂先後成立的大型書店，光鮮亮麗，氣勢恢弘，而今安在？雖然近幾年金石堂門市數量銳減，從極盛時期上百家，到如今三十餘家，風光不再，但仍屹立不搖。面對日趨嚴峻的圖書市場，我不知道金石堂如何應變，只是每回想起當年金石堂帶來的書店革命，總讓我既感激又感懷。

把獨立書店當漫畫王用，這樣可以嗎？

某日，我的臉書頁面不斷傳來通知：「XXX評論了小小書房。」也有許多臉友在「小小書房」粉絲頁留言。此事不尋常，在「有河book」宣布結束後，不免讓人忐忑，莫非……

沒事。原來有一臉友在書店裡，感覺甚不愉快，因而滿腹牢騷，在粉絲頁給予一顆星負評，並留言批評。此舉令小小之友不滿，於是留言反制，為書店打氣。

這則留言這麼說：「今天去看書，找到一本想看很久的書，點了飲料，旋即坐在咖啡區的位置上開始閱讀。店員把我點的飲料送來，立馬來質問我書的來源，我跟她說從架上取下的書。她便說：『咖啡區的飲料與書是分開計價的，我們不能讓書被客人弄髒，這樣的書賣不出去。』」

這個爭議在於，書店，尤其小小書店，附有咖啡座的，應該都不希望客人把未結帳的書帶到座位上喝飲料配書看。但顧客未必認同，或自信不會弄汙書籍，或心想若不慎汙損，書店大可把書退回。孰不知人有失手，馬有亂蹄，書本危脆，不堪一滴水，一點咖啡。書店不希望消費者買到瑕疵品，退書也不如想像中容易，自然很在意店裡的書被帶到飲料旁邊。

另外一種可能，有人對於這項規矩有錯誤的認知，被其他大型書店所釋放出來的相反訊息所影響。我說的是蔦屋書店這樣的豪華書店。

蔦屋書店在台北開店，一邊是書店，一邊是咖啡餐廳。蔦屋書店允許，或說鼓勵消費者閱讀尚未購入的書籍，在座位上享受咖啡、飲品及餐點。唯一次最多帶三本書籍入座、不得拍攝與抄寫書籍內容。

蔦屋書店此舉令台中獨立書店「新手書店」店主鄭宇庭憂心，他回應道：「這可能是賣新書的獨立書店最後一槍。」他擔心，顧客心目中視蔦屋書店的通融為通例，反過來要求獨立書店，但獨立書店哪有本錢承受？

蔦屋書店的作法不是孤例，更非首創。一、二十年前，我在汀州路金石堂本店的餐飲店看到告示，歡迎顧客把未結帳的書帶進來閱覽，當下納悶不解，弄髒怎麼辦？偷竊怎麼辦？

蔦屋、金石堂都是強勢通路，退書易，小書店卻沒這條件，比折扣戰還玩不起，因此在乎書籍被汙損。

小小書房店主回應，書店書區，擺有板凳，想看書的客人大可坐下來看書，毋需低消，想看多久就看多久。而書到咖啡區，或飲料到書區，都是不可以的。

消費者誤踩雷區，大部分都是不知無心，雖然不知者無罪，但被店員勸阻糾正，有的玻璃心自尊受損，老羞成怒，可以想見。

小小書房這名顧客便不堪受辱，留話嗆道：「我今天終於了解，小小書店是賣書、賣飲品，不是賣閱讀的體驗。我誤會好久！送你一顆星報答你讓我從夢境中清醒。原本以為是一個可以好好支持的獨立書店，我看我還是去誠品好了。至少我翻書的時候不會有人擔心我會不會把書弄髒。」

以為書店不是賣書，不是賣飲品，而是賣「閱讀的體驗」。這誤會是怎麼形成的？或說，把獨立書店當作「漫畫王」使用，並視此為支持獨立書店的方式，這概念是如何產生的？

顯然對獨立書店的某些印象，來自若干文字或影片。然而從文字報導或從影像宣傳看世界，與現實必有落差，有些報導呈現的小書店與閱讀氛圍，像童話般美麗，愛書人與書、與書店的邂逅，就像王子公主就要過著快樂幸福的日子，然而對書店經營者而言，面對的仍是柴米油鹽醬醋茶的現實生活。

理想也好，浪漫也好，都要有米可為巧婦之炊。

「晴耕雨讀小書院」官方網站，以答客問形式寫道，依規定，已結帳的書籍，才能拿到座位區閱讀，但有些客人會問：「書店不是就要推廣閱讀嗎？你們訂這樣的規定，大家怎麼會想要看書呢？」

這樣的問句，就像社工人員，在社會福利基金會上班，朝九晚五一整天，網路卻有人腦袋破洞批評：不是懷抱理想熱情、奉獻社會嗎？怎麼還拿錢，還用募款得來的錢當薪水？

同樣的質疑也發生在作家或出版者身上。當作者大力打書，當出版者展開促銷活動，也有人酸溜溜抨擊：文化事業清高無比，商業手法怎可介入？

出版人陳夏民有感於此，撰文說道：「但許多讀者都希望作者吃土。唯有如此才會讓他們崇拜的對象變成傳奇。彷彿一個理想的作家，就應該像神仙一樣，舔花蜜、吃雲朵就會飽，不然就是必須遭受磨難，把人生道路活成一個血跡斑斑的十字架，拿肉體獻祭給文學，死而後已。」

有時候是當事人認不清現實，憧憬過頭；有時候是旁觀者不清楚形勢，美化過度。不過不論如何，每家店都有規矩，顧客不認同可不上門。

話說回頭，我不喜歡書店裡設置飲料座位區，尤其有些書店，二者的比例已經分不清是書店裡有咖啡，還是咖啡店裡有書。但這種經營型態已是趨勢，也是撐起一家書店的營運模式，無奈店主與顧客之間，也因此之故而偶有摩擦。或許只好請店家在桌面上立以顯眼告示，先小人而後君子。誤觸警鈴總是傷感情的事。

如果能進到一本書裡，就不會覺得小書店小了

開一家書店（開其他店恐怕也一樣），就像從戀愛到婚姻的過程。在浪漫憧憬中，激動而衝動，共組家庭念頭浮現；隨後籌備婚禮，繁瑣紛擾；好不容易結了婚，柴米油鹽醬醋茶，忙到沒時間喝茶。婚姻雖然不一定是戀愛的墳墓，卻不如想像中充滿浪漫情懷。這裡頭有甘有苦，悔或不悔，怨或不怨，日子或這樣過下去，或中途放棄，結束店面或夫妻離異。

創業維艱，與局外人的印象不同，也與當事人最初想像的不一樣，創業者不說我們可能不知道。開書店當然也不例外。

686、隱匿兩人，開店之前，天真的想，開書店嘛，不過是書來上架，人來結帳，從此過著簡單的日子。然而不是，甚至於比原來更忙，隱匿還得重拾舊業，兼差餬口。兩人合著《十年有河》一書，以敘述手法，用實例與自身經驗，像陳夏民《飛踢，醜哭，白鼻毛》、石芳瑜《就這樣開了一家書店》，聊天話家常般，訴說我們所知或不

知的部分。

《十年有河》是有河 book 書店十年來的回顧與展望。（說展望好像不太對，依686、隱匿所言，一開始便打定主意，隨時可以結束營業，是以沒什麼好展望的。）此書精華在輯一，尤其〈阿平訪問 686 逐字稿〉一篇，是關於書店經營較為完整的紀錄。在這篇訪談中，686 誠實而明確的說明，開書店，無關什麼夢想與勇氣，只是想脫離職場做自己罷了。因為不願複製在職場的卑躬屈膝，因此決定了書店的經營調性，不取悅，不迎合。有所堅持，然而為了生存，又稍有所調整與妥協，而這些微調也是起死回生的關鍵。

另外，廣告人出身的 686，也引進行銷概念，把書店定位為以風景為標榜的書店。他選擇面向河流的地點開店，地理位置得天獨厚，外面是河的自然風景，店裡是書的人文風景，內外景物合而為一，才是有河 book。為此，店面風格與 Logo 也採用藍白色調，玻璃詩的概念也都由此延伸開來。

書店許多作法與設計，都循著既定的理念而展開，用常聽到的說詞，就是「莫忘初衷」四個字。為什麼開書店？要開什麼樣的書店？心頭定，便不亂不茫。這可能是有河 book 與連鎖書店，甚至於與其他獨立書店不太一樣的地方。

但開店難，苦水還是要吐。686講的也是獨立書店的共同困境，例如配送問題。獨立書店，獨立也者，不僅僅是店面單一不連鎖，也指獨立精神。然而台灣獨立書店無法像某些國家那樣，繞過通路商而自主進書，在台灣，以新書為主要商品的書店，幾乎都得透過經銷商進書。但經銷商依書店訂單進書，還會搭配其他書籍，拒絕他，下次被他拒絕。畢竟路途遠，進書數量少，有些經銷商根本懶得理會，更不用說有些新書在龍頭書店獨家首發，其他書店要不到書。

書進不來，遑論銷售，這是獨立書店的痛，是不公平的決戰。待書配送過來，又面臨玩不起折扣戰的問題。獨立書店七折進書，敵不過網路書店和連鎖書店已成慣例的新書七九折，打了折，利潤微薄，不打折，書難賣，利潤零。兩難。

有河十年，一口談書店的人比兩腳進書店的人多；在書店裡，奧客比買客多，河貓比客人多（有時店員也比客人多）。所謂奧客，依隱匿的定義，是做了以下諸事：騷擾貓咪，破壞書，大聲喧譁，未預約直接來採訪，不作功課問了一些對書店與店主一無所知的問題，未經同意對人拍照，裝熟，裝文青，炫學等等……，以上也是獨立書店成為／淪為觀光景點後面對的共同困擾。

《十年有河》大談「想像與實際之間的落差」，不過語多悲憤的隱匿還是會說出「一個人若對某件事有如此強大的渴求，都該去試試。」這麼正面的話語。而686更說出佳句名言——曾經有個媽媽帶小孩來書店，小孩問：「這個書店怎麼這麼小啊？」686笑笑說：「如果你能進到任何一本書去，就不會覺得小了。」

雖然「有河book」已消逝於淡水河邊，686又以「有河書店」復活於北投地區。有河，有河，不論什麼方向，總要為一個夢想而不舍日夜流動，一如瘂弦詩句：「而既被目為一條河總得繼續流下去的。」

對於書店，我們常有錯誤的浪漫想像

「小小書房」經營者劉虹風在《開店指「難」》提到，深圳市的「舊天堂書店」店主阿飛訂下一個規矩，店員做滿兩年就必須離職，因為會來工作的都是年輕人，他們應該海闊天空，走向外界，不宜綁死在同一個地方。

雖然阿飛說的是店員工作，不特指書店，但虹風由是衍生一些感嘆，嘆於書店店員工作繁瑣，薪資不高，流動率倒很高，她每每為同事離職而不捨。另外透過多次談話，她發現，在主流就業市場中，書店店員談不上是有尊嚴的工作，甚至於有父母不願讓外人知道子女在書店工作，她因此經常設想，如何提升在書店工作的尊嚴感？

在書店工作是否如此不堪？退一步想，店員前途有限，是社會共通現象，豈止於書店從事人員？店員沒有創業光環，領取固定薪水而不能發財，不是書店店員才這個樣子。至於書店事多繁忙是真的，但很多店員同樣工作繁瑣，忙得不可開交，比如7-11店員，店務之龐雜瑣細，恐怕超過書店店員。

在書店，尤其獨立書店，真正悲情的是，事情很多，來客很少，營業額亦少，成就感更少，且不像在大企業或連鎖商店有朝一日或可升為店長。若非對書的喜愛，很難撐過一天又一天。偏偏書店店員這分職務，常給人家不切實際的浪漫想像。虹風點出殘酷的事實：一整天下來，店員的工作內容，跟他們所碰觸的紙頁內的文字、故事，一，點，關，係，也，沒，有。

也就是說，若你去書店應徵，專職或打工，喜歡閱讀的你，所處理的不是閱讀這件事。與原先想像中的樣貌是有落差的。

豈止應徵者對書店工作易有過於浪漫的想像，一般人可能也對獨立書店有同樣的想像，這分想像或許來自某些關於獨立書店的文字報導，或類似「書店影像詩」等影片的印象，以為獨立書店是個浪漫場域。有人慕名而去，沒看到店員笑臉迎人、親切導覽，甚至還見店員或店主一臉浩然正氣，因而心靈受創，自覺委屈，回來後在臉書抱怨發牢騷，反而招來「要這種服務應該去找媽媽桑」之譏。

一般人對書店存有浪漫的想像之外，也有人對獨立書店抱持過多的期待，或者提出看似有用實則無濟於事的經營建議。

在若干討論獨立書店救亡圖強的文章中，我們看到不少建議，有的已是目前的主流作法，例如籌辦講座、兼賣飲料輕食的複合式經營；也有的意見讓我有惑難解，例如「獨立書店應該加強社區經營」的說法。小小書房經營者虹風在《開店指「難」》以這句為題，另外在下頭加了個問號，表示存疑。

我疑惑的是，社區經營之於獨立書店，在某些小鎮郊鄉地區不難結合，但在都會區，尤其書店比鄰的一級戰區，如何推展？現代都市，樓房毗連，同一棟大樓住戶比鄰，卻對面不相識、不來往，甚多外來人口租賃而住，社區意識薄弱，對於所處的都市，例如台北市，能有一份關心便難能可貴了，實在不敢奢求他們關心社區的大小事。

且所謂社區，在大樓林立的大都會，從哪裡到哪裡算是一個社區呢？

設若在地方意識濃厚的地區開書店，企圖結合地方特性，一家書店要怎麼做？除了陳列販售區域主題的書，組讀書會討論以地方為主題的作品，也可舉辦演講談談地方事務，但這些不就是地方文物館或文史工作室該做且持續在做的事嗎？在理想狀態下，書店可以是地方公共事務的發動機，甚至於帶動社區發展，強化地方意識，但小書店經營辛苦，財力維艱，門市門可羅雀，執行起來力不從心，且此舉可吸引多少街坊鄰居上門參加活動進而買書？

講得現實一點，左鄰右舍多少人會因此放棄在網路書店訂書的快捷便利，以及折扣的誘惑，而轉往這家小書店買書？

獨立書店的主力客源不是社區鄰居。多數獨立書店同時也是主題書店，對書店主題屬性有興趣的，不是左鄰右舍，而是天涯海角不知在何處的一群人，這叫社群，不叫社區。

因此，若說強化社區經營是對獨立書店的期許，是對的，那是期許，也是書店抱持的理想，但不是保住獨立書店於不亡的藥方，不是改善營運的活路出口，就像一個人餓到不知怎麼辦的時候，期許他忍住飢餓，奉獻心力，造福人群，未免陳義過高。

而經營社群，正是獨立書店一直在做的事。

所以社區經營是不是如某些論述所指，是獨立書店的活路出口呢？獨立書店的未來，論者頗多，有的意見可行，有的陷入盲點。劉虹風以書店經營者身分，現身說法，撰述《開店指「難」》一書，不但寫出獨立書店開店的難處，也討論獨立書店的困境與出路，以及針對外界建議的實際面與虛妄面。

不為懷舊，是向經典致敬

想我這一代文學愛好者，沒有不是讀洪範叢書成長的。洪範一本本出版品堆疊出來的堡壘，是文學青年的聖地。洪範幾乎是台灣文學經典的代名詞。《亞洲週刊》選「二十世紀中文小說一百強」，洪範作品就占了十九部，幾近五分之一，而這只是小說的部分而已。

我喜愛洪範的書，不只是字與字連綴起來的文學風景，也特別鍾情於早期的裝幀。三十二開，鉛字版，封面是固定的版型，以線條、框格組合而成，照片或圖像在框裡，書名橫排於上方，封面設計在有限空間裡求變化，清爽大方，象徵安定、固定、穩定，有一種古典的，格律、簡約之美。書脊的臺靜農題字「洪範書店」，蒼勁有力，鎮住書裡騷動不安的文字。而每本書折頁的介紹文字就像推薦短序，又如評審報告，為每一本的藝術成就背書。

家中洪範書多，有一原因。我偏好現代詩，洪範詩集精美素雅，又輕巧，適於捲讀、攜帶，放進行囊裡，一路就有了詩意。洪範最厚的詩集，應是楊牧以「楊牧詩集」為名的作品集，但楊牧詩最厚的不是書的體積，而是內涵與深度——古典與現代的交會，東方與西方的融合，人文精神與歷史關懷的發揚，知識與美學的激盪，都表現在純熟詩藝裡。

余光中詩集一度也是洪範主力產品。一九七四年詩集《白玉苦瓜》、散文集《聽聽那冷雨》推出，余光中的文字驅遣、意象捕捉能力已臻爐火純青之境。兩年後在洪範出版《天狼星》，之後陸續推出《與永恆拔河》、《隔水觀音》、《紫荊賦》、《夢與地理》，迄《安石榴》的一九九六年，余光中的詩在洪範，已經二十年。待晚年詩質漸漸疏鬆，這時早已離開洪範了。

就不用說鄭愁予、瘂弦了，雖然我偏愛有楊牧序文的志文版《鄭愁予詩選集》，但鄭愁予早期的詩，洪範版本收入較為齊全。晨鐘版《深淵》之於洪範版《瘂弦詩集》，也是同樣情形。

買詩集要趁早，楊澤第一本詩集《薔薇學派的誕生》，就在洪範，當時哪能想到，此書如今與《彷彿在君父的城邦》同樣貴為夢幻逸品。幸好下手得早，買書逢時，否則今日豈能不時攤開詩集，聽他「請讀我——請努力讀我」「我是縮影八〇〇億倍的一個／小寫的瘦瘦的ｉ／請讀我——請努力努力讀我」的呼喚？

還有不得不說，西西唯一詩集也落腳在洪範，而西西所有作品大致盡萃於洪範。這麼穩定長期的合作關係，在出版界並不多見。

西西小說，前衛，多所實驗，玩遍小說技法，如水無常形，隨容器而變，遇方則方，遇圓則圓。在洪範系列裡，西西是逸出格子的字，是陡然飆高的音符，是抄到球之後快步運過半場跳躍灌籃的華麗身影。

文體的建設一方面也是破壞，西西與破壞力更強大的王文興小說，都出自洪範，與曾撰文重砲轟擊《家變》的琦君，同在一家門戶出版。兼容並蓄，有容乃大，由此可見。

除了西西、楊牧，洪範另有作者班底，曾經長期合作，多年來多部作品在洪範出版，簡媜、王文興、蘇偉貞、袁瓊瓊、張系國、吳晟、蕭颯、黃永武、林文月等人，都是。仰望洪範作者名單，如夜觀明星，顆顆閃亮。

另有一種洪範叢書，不得不提。早期那些經典級的作家集子，不因公版權而隨意出書，洪範精選、精校、精印，讓魯迅、賴和、徐志摩、沈從文、許地山、凌叔華、周作人、豐子愷等人，以沉穩的聲音，與現代讀者對話。

近幾年，洪範的書全面改裝，從三十二開鉛字排版轉型為二十五開電腦打字，重新推出。時代變了，消逝的舊版型，就更讓我懷想了。這麼多年來，直到現今，仍不斷重讀洪範的書，吸引我們回眸的，不為懷舊，是向經典致敬。

在這個分眾的時代，文學書市場漸趨沒落，在我看來，是閱讀的多元，是擴散，不是蕭條。只是隨著文學圖書在出版市場降溫，洪範的出版品清一色是純文學著作，經營起來備加辛苦，自是難免。然而洪範還是堅持腳步，不但持續文學路線，也無意於輕薄短小的俏皮小品。在眾聲喧譁的年代，洪範的身影，感覺寂寞了些，但真正孤寂的，恐怕是這幾年出書量少，雖然年輕一代接班，卻未見生猛力道、新生氣象。頗期盼洪範在繼往之餘，也能開來，畢竟這是我們文學的集體夢土啊。

每片新潮都流向知識的大海

談到志文出版社，每個讀者都提及「新潮文庫」帶來的啟蒙，我也是這些世界名著的讀者，但對志文最深刻的印象，並非任何一本譯作，而是一本華文創作，一本詩集：《鄭愁予詩選集》。

奇怪，鄭愁予詩集，我特別鍾情於這個版本，儘管《鄭愁予詩選集》出版後五年的一九七九年，洪範出版《鄭愁予詩集I》，後來更重編，全新排印，不但是他早期詩作的定本，也是全本，但我寧可讀志文版。一來，鄭愁予最好的詩已收入其中，洪範版補足的詩未必是他的代表作；二來，已習慣較小的字體與排版，換了版本，感覺韻味減損了些，而更主要的原因是志文版才有的，楊牧代序的〈鄭愁予傳奇〉。名為代序，實為擲地有聲的評論。

這篇代序／詩評長達三十五頁，不但分析鄭愁予詩作的風格與成就，也探究現代詩的形式與技藝，對文學寫作剛起步的我，實有莫大的啟迪。

因為喜歡現代詩，除了《鄭愁予詩選集》，我也勤讀同列於「新潮叢書」的《鏡子和影子》。這是我閱讀陳芳明著作的起點，他在書中銳氣砲轟超現實主義詩作，雖然後來他否定自己當時的部分尖銳批判，但我也忘了書裡寫些什麼，一忘泯恩仇，那個以晦澀詩風為最高標準原則的時代也過去了。

時代過去了，我眼中的志文也完成階段性使命，隨著本土的「新潮叢書」因故停擺，翻譯的「新潮文庫」因版權觀念興起而少有新作，志文漸漸成為中老年知識分子的回憶。而受志文營養哺育成長的青年，有的持續閱讀，閱讀更多更新出版社所推出的更多更新的書，當然也有不少志文的讀者早已束書不觀，過另一種生活。

多年來，志文的書不曾現身於書店的新書平台，一度我懷疑出版社還在不在。如今的我已很少買志文的書，大型出版社發行的經典重譯，文筆優美而精準，相對之下，志文、遠景這些大量翻譯世界名著的老字號，為台灣社會開啟一扇窗，引進新鮮的氣息，但譯文頗多錯誤、拗口與漏譯，並非最好的版本。雖然其中不乏好譯筆，然而讀來卡卡的也不少。

志文比遠景好的地方在於，每本書都有很好的導讀，以及作者照片、年譜與相關資料，用心製作，引領讀者入門。

說到入門，「新潮文庫」中我翻閱最多的不是很多人喜愛的小說或哲學，而是威爾．杜蘭《西洋哲學故事》、山室靜《聖經的故事》等幾本引領入門的書。至今我仍不時閱讀。

也有早已絕版，或不易買到，在一片新譯浪潮中無法取代的書。例如馬奎斯《獨裁者的秋天》，在幾年前推出簡體版《族長的秋天》之前，好幾年來都是中譯海內孤本。而真正的孤本，莫如波赫士與他人合編的《想像的動物》，一九七九年楊耐冬翻譯後，再也未有第二個版本，不但《波赫士全集》未收錄，志文版也絕跡了。從此這本書便和書中一百多種民間傳說與文學作品所想像描繪的動物一樣，成為想像。

志文出版的書那麼多，沒有一本是好讀、易讀、速讀的書，不論是華文創作或翻譯。志文的讀者，或面向本土，或放眼國際，閱讀都是為了解惑，是知識的求索，是理想的追尋。「新潮文庫」的主題、類型多樣，文學、哲學、音樂、電影、美術、宗教、神話都有，每個主題所推出的書籍或多或少，但每股新潮都如百科全書般流向知識的大海。這樣的理想、熱情與代表的意義，是多麼令人動容。

歷史長河總得繼續流下去

今年（二〇一五年）有兩家出版社滿四十歲，一是爾雅，一是遠流。《文訊》分別在當月製作專輯，雜誌編輯邀我談遠流的歷史書。

我稱上世紀八〇、九〇年代為遠流的黃金年代，當無對現役同仁不敬或貴遠賤近之意，實在是當時的遠流，無論編輯發想或企畫行銷，概念之新，手段之活，都領先群倫，走時代之前，開風氣之先。尤其每有新的書系誕生，必也敲鑼打鼓，熱熱鬧鬧，廣告宣傳、媒體報導、書店造勢，鋪天蓋地而來。

且說與我略有切身關係的「實用歷史叢書」。這也是書系概念下的產物。

詹宏志進駐遠流之後，推動書系品牌化，一九八四年第一條書系「大眾心理學叢書」一口氣推出四十本，被視為台灣出版界的經典戰役。之後此類編輯手法多次複製，「實用歷史叢書」便是一九九〇年底誕生的書系。

「實用歷史叢書」構想源自總編輯周浩正，他從日本人「知識實用化」的觀點發想，讓歷史和其他知識結合，深入大眾生活。刊登在各大媒體的文宣，一波又一波，告訴讀者，有一系列叢書叫做「實用歷史」，要把歷史當做個案，通過理解歷史人物的處境，達到古為今用的旨趣。

那時候廣告做得可真大。每一批推出好幾本，單買也可以，買一套更划算（起初九〇九元，之後九九九元）。果然一上市便勢如破竹，連連再刷，第一批六冊預購就賣掉約四千五百套，後續幾波，策略沿用，熱潮延續。這一年，推出二十多本實用歷史叢書，營業額約三千萬元。

實用歷史的集體作戰，在周浩正離職不久，便拆檔了。據云，一批多書必須和行銷部門搭配，敲定檔期，不免有掣肘之局促感，不如各書單飛。但如此已破壞原來的規畫。或許周浩正以總編輯之尊，可取得制高點，繼任者與其他部門不好協調，不得不爾。

雖然單打，也一樣打出好成績。直到近幾年氣勢轉弱，或許招式已老，不新鮮矣，推出的實用歷史著作，實用日遠，學術漸重，從《尋找北京人》、《諸子百家大解讀》等書名可見一斑。

這書系離構想之初漸行漸遠，多少有人亡政息之憾。幾年前周浩正撰寫《寫給編輯人的信》，對此不免喟嘆：「但若對當今出版稍有關注的人，應早已發覺：在遠流的出版光譜上，『實用歷史』已經邊陲化，失去原先的動能與影響力了。或許，有人想問：『何以淪落至此？』……」

然而就我個人觀點，真正遺憾的是，「實用歷史」取材以中國帝王將相史為主（包括周浩正另立門戶後又轉回遠流的「實學社」大眾歷史系列亦然），視野不及西洋、台灣。西洋史印象中只有一本《黃金迷城迦太基》，而台灣史題材僅《日本帝國在台灣》、《1895・決戰八卦山》，寥寥可數。

所幸遠流的台灣史議題，另有戰場，以「台灣館」為名的編輯線，成績亮眼。遠流台灣館是最好玩的編輯室，編輯室便是一座資料庫，滿滿台灣文史相關的幻燈片、海報、地圖與圖繪。「台灣深度旅遊手冊」結合了圖像、文字、旅遊與歷史，以手繪地圖、文字、照片，突顯臨場感，是導覽手冊，也是台灣歷史小書。《淡水深度旅遊》開路，接下來三峽、鹿港、宜蘭、基隆、台北、台南、北部濱海等書登場，好讀，好看，一書在握，如有專家在旁導覽解說當地的歷史、風土民情、自然景觀與建築。它們與古為今用的實用歷史書出發點不一樣，但同樣化學識為可親近的知識，這種轉化的功夫，也正是遠流出版品的特色與精神。

遠流和歷史書籍的關係長相左右，在發跡茁壯的過程中，歷史扮演不可或缺的角色。遠流創業第五年，一九八〇年推出《中國歷史演義全集》豪華版，報紙全版預購廣告不知道打了幾次，預約最後一週，倒數計日的全版廣告，讓讀者既心驚又心癢，王榮文的傳奇故事於焉誕生。據說，每隔幾天，王榮文去郵局，工作人員扛出一袋袋現金，放進他的車子裡；據說最後預約日，讀者到公司排隊買書，從十二樓辦公室排到一樓；據說，還是據說，這套書，讓王榮文「看到了人生的第一個億」。

現在聽到這段敘述簡直不可思議。創下台灣出版史紀錄的這部套書，是以《歷代通俗演義》為本，也就是蔡東藩的十一部通俗演義，加上《三國演義》、《東周列國志》組合而成的新瓶舊酒，堂堂二十一冊精裝，李敖掛名主編、寫導讀，結合社會「以書櫃代替酒櫃」的呼籲，聲勢卻很嚇人。

相對於製作門檻低、編輯時間短、獲利高的《中國歷史演義全集》，《柏楊版資治通鑑》如蝸牛行步，道路既阻且長。一九八三年九月順利推出首冊，沒想到工作規模超乎預期，時間從三年拖延到十年，篇幅從三十六冊膨脹到七十二冊。十年辛苦不尋常，當初柏楊發願把他素來推崇的《資治通鑑》，從文言文的籠牢解放出來，譯為人人可讀的白話版，但坊間早有信實可靠的白話譯本，因此《柏楊版資治通鑑》的賣點，不在白話，不在《資治通鑑》，而是柏楊。

柏楊以專欄雜文起家，文筆頗具風格與魅力，讀史視角特殊，對歷史別有詮釋。這個譯本的重心不僅在於語譯，另如地名今註、官名今譯、西元紀年、皇帝以姓名代替諡號等，都是一般歷史書罕見的體例，他的按語「柏楊曰」更是本書特色。是以儘管編譯大大小小的瑕疵不少，它和隨後衍生的《柏楊曰》、《柏楊版通鑑紀事本末》，時隔三十年，仍能感受當時的作用力。

遠流早期以套書或書系形式，創下諸多出版史經典戰役。現在邁入數位時代，網路書店崛起，社群網站方興未艾，讀者閱讀習慣改變，編輯出書模式改變，行銷宣傳戰法也改變，以大幅報紙廣告促銷套書的時代過去了，以價格破壞的行銷手法帶動書系的作戰方式也不復見。遠流過去發動的大規模會戰，再如何為人所津津樂道，都難以光華重現了。就像前述一度捲起千堆雪的實用歷史叢書、歷史演義，如今俱往矣，這些歷史書裡的風流人物、風雲事蹟，只能埋在讀者記憶深處。《中國歷史演義全集》甚至早已絕版，而「台灣館」奠基之作《淡水深度旅遊》在網路書店只留下「已售完，無法購買」字樣。實用歷史叢書、《柏楊版資治通鑑》，書店僅零散擺放幾本，不再如極盛時期那樣齊備。

儘管如此，多年來遠流仍持續出版歷史書籍，其中不乏頗富學術價值的重量級好書，而多部台灣史著作，內容紮實，如《滄桑十年：簡吉與臺灣農民運動 1924-1934》、《台灣人的抵抗與認同》、《福爾摩沙如何變成臺灣府？》等，深受好評。另如「Taiwan Style」系列，對台灣的風土民情多所著墨，與歷史沾了點邊，值得一提。

這些出版品，雖然不若以往以創意形式結合歷史來表現，卻也展現遠流在歷史學識領域裡永續經營的決心。這樣說恐不為過：歷史題材出版品是遠流吃果子要拜的樹頭，是飲水所思的源頭，一如瘂弦詩句「而既被目為一條河總得繼續流下去的」，「遠流」二字不就是歷史的意思嗎？

文言文、白話文，只要想讀，就是好文

教過一年書，私立高職工商科，一週二十七堂國文課，二、三年級，五個班。沒有道具，不會創意教學，只靠一張嘴，以及剛退伍的年輕憨膽。有點困擾的，不是備課，不是如何以白話譯解文言文，而是如何讓同學不要睡著，如何撐到下課。

來私立職校就讀的，大部分是聯考成績不如人意，從普通高中，從公立高職，退而求其次進來的，可想而知與教科書的感情、默契不是那麼好。面對不在生活圈裡的大量文言文，必然辛苦。如何讓他們吸收，進而應試，成績不要太差呢？

我必須從學生的角度設想授課內容。有些理所當然應該知道的，他們不一定知道；有些自己感到有趣的，他們不一定覺得有趣。畢竟我是文言文一路讀上來的人，從國中、高中，到大學中文系，從國立編譯館課本到《古文觀止》、《昭明文選》、《古文辭類纂》，不敢說不難，但個人感覺比洋文容易多了。然而也始終覺得，不少篇文言文，有意義，但沒意思，每篇承載著千百年嘆息，並不適合中學生閱讀、背誦。

但老師必須教這些課文，學生必須讀這些課文，教科書是國立編譯館指定本，僅此一家，聯考題目從課本裡出來。

想到要他們讀某些課文，如〈瀧岡阡表〉、〈祭十二郎文〉、〈勸學〉等，就好生為難，但那時還是戒嚴時期，雖然稍微鬆綁，但黨國體制基本盤還維持得住，不會有學生表達異議，不會有大人幫學子發聲。或許那時大家認為要多誦讀發揚忠孝節義與民族精神的古代文章，但無論如何，想辦法讓學生讀懂，這是國文老師的天職。也只能這樣。

以前課本也有白話文，但那是不用教的。我從學生時期就不曾上過白話文，任課老師叫一兩位同學念課文，念完表示上過了。從當學生到成為老師，白話文都自動略過。白話文不用教，沒有人教。一來相對簡單，二來沒時間，趕課是每個老師的夢魘，因為每課文言文都要花相當多時間。

而那時候的白話文，說實在，也不用怎麼教，太白了，白如清水，清澈見底。

從我中學時期到日後教書，選文大致不變，沒有現代文學，沒有技巧高妙、形式創新的現代文學作品，讀到的盡是羅家倫、胡適、梁啟超、蔣經國、陳之藩等大老作品。我還記得我教書那年，出現一課以前沒見過的文章——董作賓的〈飛渡太平洋〉。

那時很信奉余光中的散文創作觀點，他說，他想在中國文字的風火爐中，煉出一顆丹來。「我嘗試把中國文字壓縮，錘扁，拉長，磨利，把它拆開又併攏，拆來且疊去，為了試驗它的速度、密度和彈性。」因此見董作賓以白描手法，寫搭飛機、看窗外藍天等事，順暢有餘而文采不足，且無深厚意涵，不免搖頭不滿。

董作賓是甲骨文大師，非文學作家，不以創作見長，為何特別選他的散文？我直覺主其事者是他的弟子或崇拜者。那一學期我因為是菜鳥，被指派作創意教學示範，我一度考慮砲轟這篇，讓同事、上級眼鏡跌碎。也因為這個因緣，對此文印象深刻，多年不忘。

以前大學中文系念的是古書，不及現代文學。幸好本校系的系主任年輕時候是文藝青年，稍微重視新文學，但也只能開一堂選修課「新文藝批評」，任課老師是瘂弦，時任《聯合副刊》主編，編務繁忙，很少來上課。但也沒辦法，系主任說，要借重他文學刊物編輯的經驗。這門課程只一學年就停開了。我大四那年，學弟妹們有了一堂「現代文學」選修課。老師是知名的官夫人，偶有散文見報。她上了一學期，一位詩人學弟退選，問教了哪些？他說，還在朱自清。我聽了幾乎昏倒。

試想，若大學不上現代文學，平時又少接觸，為人師時碰到課綱重大改革，以致白話文增多，選入者又多現代文學，如此從何教起？

幸而時代在轉變，文學系所不再唯古是尚，能以眼角餘光觀看現代。而現在教師其實沒有如一些人所批評的那麼遜，勤於閱讀現代文學、甚至本身創作的老師不少，國文課本選文也不像以往那麼古板而鐵板。同學透過課文知道好多當代作家，這不是當年可以想見的。

這些現代文學作品，這些白話文，是不是略過不教？或者一堂課打發過去？恐怕不是。從作品到作家，結合時事，延伸到生命情境，都是教師可以傳授，同學可以討論的。

這就是選文的重要。同樣白話文，怎麼選，是一大學問，文言文也一樣。

教科書文白比例之爭，近幾年吵得沸沸揚揚，比文言文比例下降更重要的是，讓詰屈聱牙、艱澀難解、食古不化的課文，從課本裡消失。課文所選的篇章，不是有意義就好，最好有意思、有意趣，讓學生有閱讀意願。不必背負使命，不必承接鄉愁。文言文、白話文，只要想讀，就是好文。

在閱讀中過了一生

1

生命自會尋找出路，閱讀啟蒙也是。我很喜歡胡適《四十自述》說的小故事。

胡適九歲時，在廢紙堆中發現一本破書，一開始便是〈李逵打死殷天錫〉這回，他讀到欲罷不能，好奇心癢，「這一本的前面是些什麼？後面是些什麼？這兩個問題，我都不能回答，卻最急要一個回答。」

這一急，心眼大開，直通另一個書籍的世界。他四處借閱，讀到《水滸傳》、《三國演義》、《紅樓夢》、《儒林外史》、《聊齋志異》等「第一流作品」，也讀到《薛仁貴征東》、《薛丁山征西》等「最無意義的小說」。

胡適說，他從這些白話小說，不知不覺中獲得不少白話散文的訓練，把文字弄通順了，而這不是《尚書》、《周易》等書所能辦到的。

聽過不少作家、學者談起閱讀的啟蒙，像胡適這樣，小時候不經意邂逅某本書，因而迷上文字、愛上閱讀，又從文字世界通往無限寬廣的天地。

這樣的第一本書，通常不是四書五經，而是故事書，不論用文字或圖畫呈現，裡頭載滿俠義、冒險、幻想的故事。

我沒有胡適這種機緣，也不誕生於書香世家，母親買給我什麼，我就讀什麼，少數幾本書反反覆覆，讀到滾瓜爛熟。

我最喜歡的還是文字書，漫畫與繪本我嫌字少，看不過癮。印象中最早閱讀的應該是《XX民間故事》，XX是國名，家裡好幾本，內容現已遺忘，只記得一篇〈蘆葦帽〉。說的是父親要三姊妹形容對他的愛，兩位姊姊都用珍貴事物形容父親，小妹蘆葦帽卻以鹽巴為喻，父親生氣把她趕走。父親後來也被兩位女兒趕出去，有一天流浪到一個女子家中，這女子就是蘆葦帽。蘆葦帽請他吃飯，故意不加鹽，淡而無味，後來父女相認，父親才知道鹽的可貴以及蘆葦帽的愛意。

一如多數童話故事，兄弟姊妹最老實的那個常被聯手霸凌，所幸傻人有傻福，最後轉逆為順，而占盡優勢的兄弟姊妹則得到教訓。我懷疑是不是受到這類故事影響，個性逆來順受，不與人爭，這一生不知吃過多少悶虧。

另有幾本書讀了N遍。一是《苦兒努力記》（比較常見的譯名是《苦兒流浪記》，東方出版社的版本；或日本動畫《咪咪流浪記》）。主角路美從小跟著師父賣藝表演，最後找到生母，過程坎坷曲折，吸引我一讀再讀。另一愛不釋手的書是《機智故事一百篇》，裡頭都是歷史故事，這可能是我對歷史興趣的源頭。

我也愛看《亞森．羅蘋全集》啊，連著十幾本看下來，卻出現後遺症，看到福爾摩斯老被亞森．羅蘋戲弄，對他印象不佳，以致對《福爾摩斯全集》興趣缺缺，直到二、三十歲時才開始拜讀，都是作者莫理斯．盧布朗害的。

此外，加掛注音、改寫的《西遊記》、《三國演義》等章回小說，以及國語日報社一整套《小作家》，都是鍾愛之書。

然而若論影響我最大的，莫過於《唐詩三百首》。國小畢業前一年，我迷上唐詩，似懂非懂，一頭栽入，帶著鏗鏘音韻與平仄節奏，迎向國中時期的黑暗與殘酷。

我知道好多文化人從小遍讀群書，把學校圖書館藏書讀透透，若閱讀也有起跑點，那麼這些人可說贏在起跑點。我沒有起跑點，向來閒閒散步。閱讀是從小就喜歡的事，沒有目的。

2

對愛看書的人來說，天下最好的工作，莫過於看書還有錢可以賺。譬如當企業家或政治人物的書僮——不是陪讀的書僮，是幫大人物讀書、做書摘、報告書籍精華的那種。但這類工作好像祕書或文書兼任就夠了，世間很少聽說有這麼好的差事。

退而求其次，編輯似乎是個好職業，眼前是書，心中是作者。表面如此，入了行才知道，還有報表、中盤商與業務人員，以及無盡的繁瑣流程。

或書店店員，或騎樓擺書報攤？總之，我生平無大志，盡想著如何有書可看又有錢可賺的事。

退伍後，該找工作上班，為此心裡一片慘霧，不為此後朝九晚五失去自由，而是看書時間減少。第一份工作是教書，教國文。以為與書靠得最近。與書靠近沒錯，但環繞著教科書，氣氛沉悶，教書一年即辭職不幹，轉到更多書的地方，在出版社、雜誌社浪遊晃蕩。

也曾去連鎖書店應徵企畫人員。那時的我年輕不懂事，書店經營、立地條件、集客之道，叭啦叭啦講一堆，主考官幾度確認我的想法後，建議我去當門市人員。回想起來真汗顏，彼時我連企畫是什麼都沒搞懂，後來當然知道了。

在出版社，整天所見都是書，美則美矣，終究瑣事太多，煩心亂志。幾年後，學而優則仕，讀而多則寫，沒有一個工作比專業寫作更有閒暇閱讀。於是，三十一歲起就不上班了。

為謀生，十幾年來，寫歷史、寫棒球、採訪、潤稿、編書都做過，雖然收入微薄而不穩定，至少不必忍受官大學問大的官僚氣，不必開冗贅而低效率的會議。讀與寫構成的日常，大概是我心目中最理想的生活。近幾年，寫作題材與書籍評介、導讀、評審密不可分，這些都是「有呷又有掠」的好差事，雖累也值得。

3

我很少計畫，一方面樂觀，一方面悲觀。常常樂觀的想，船到橋頭自然直，生命自有出路，隨緣吧；卻又不時悲觀，覺得未來渺渺茫茫不可期，何必規畫什麼呢？

然而到了這個年歲，想通了，看開了，覺得人生已經定調，生涯轉型、中年創業，大致無望，往後的生活型態，可以確定離不開閱讀與寫作，抽離這兩個支柱後，生命將就此傾斜，乃至傾圮。

尤其閱讀。二〇一六年我出了一本書《散步在傳奇裡》，扣著書名「傳奇」二字，而有開列個人「傳奇書單」的單元設計。傳奇書單，意不在作品的經典地位，只在乎年少至今，什麼樣的書，在閱讀之後，不知不覺影響了、形塑了今日的自己。經過一番追索，以及出版社所安排與書友對談書單過程中，我認識到更多的自己，也發現以前不太熟悉的自己。

於是我也想像，如果再過十年、二十年，人還健康還健在，會不會開出另一份更新版傳奇書單？我確信，日後的歲月，閱讀將持續成為生活的重心。只是未來閱讀型態將會如何演變呢？

不管如何，能當讀者，是最幸福最無負擔的事。我曾經說過，現在是閱讀的最好時代，事隔多年，我仍然要這麼說，且更加肯定。不但閱讀載具更方便、更多樣，且出版品比過去更多元、更特別、更怪、更有創意。閱讀唯恐不及，哪有空閒無聊？開卷，不為趕進度，或眩於什麼必讀書目，比較像電影節趕場的影迷，像世足賽期間盯著電視看轉播而無法分身的球迷，不願錯過。然而精力、眼力、記憶力，俱隨人到中年而下滑，漸有力不從心之憾。

力不從心已惶惑，更哪堪新書排山倒海而來。在透過翻譯、望向世界之外，回顧本土、從台灣出發的出版品，也不時以頗具創意，迴異於過去的形式、主題與表現手法之面貌呈現。未來，新生一代閱讀者，會以新的思維，搜尋曾經迷失的島嶼心靈，重新界定島國定位，應運而生的本土著作，只會多，不會少，像我這一代關心台灣事物的老讀者，會有靈魂重新洗禮的閱讀快感。

當一名快樂的閱讀者，愈來愈容易；反之，當個快樂的寫作者，愈來愈困難。或許有人想，如今資訊取得那麼輕鬆方便，拼拼湊湊，就是一篇，何難之有？然而拼湊也要技術，技巧拙劣而偷懶的就叫抄襲，近幾年層出不窮的抄襲風波，有些甚至於出自名家。這是抄襲的時代，也是抄襲容易被逮的時代，抄襲一事，成也網路，敗也網路，你找得到的，別人也找得到。

這是作家難混的時代，字數、篇數湊滿即可結集出書的時期早已遠去，即使散文創作，也須集中一個主題或合乎某種氛圍，憑豐富辭藻與美好文筆闖出一片天的模式，漸行漸遠，文學作家常常得鑽研、挑戰某個專業領域，而專業人士在全民上網、全民開講的當今，易於發表撰文，作家不能以一知半解、馬虎行文矇混過去。

而更艱難更危險的，是出版業。谷底還沒來到，且持續下探，只會更壞，不會轉好。出了書默默發行，自己發光，發出磁力吸引讀者購買，這種神話，這種夢想，已經不會出現了。編輯與行銷得更費力，出版品需要被解釋，更多的宣傳與溝通。然而直到現在二十一世紀過了二十年，還有編輯等出版人不上網，網路絕緣體可以活到今天，已屬奇蹟，但未來十年必遭淘汰。

幸好我的黃金年代已遠去。偶爾讀讀，約略寫寫，不用計算太多。這一生就這樣淡定，就這樣決定。

4

然而也不是完全沒想過，哪天腦子鈍了，環境不好了，怎麼辦？早早暗自想好，就賣雞蛋糕吧，一攤車，一桶原料，不像賣車輪餅手續繁雜。想來容易，但以我的手拙與面薄，若真有那麼一天恐怕仍做不來。

最怕的還是眼盲，曾設想盲了怎麼辦？雖有波赫士示範在前，但那是波赫士，才學基礎穩固，目盲仍有心眼。最厲害的是咱們老作家梅遜，因為白內障手術失敗，六十歲後全盲，卻筆耕不輟，摸黑寫作。為防止原子筆寫到沒水而不自覺，一度使用香水原子筆。稿紙右上角以鐵夾固定，鐵夾綁上塑膠尺，計算落筆位置。桌上三部錄音機，裡頭是初稿、修訂稿、定稿的錄音帶。錄音謄寫，反反覆覆，辛苦超乎想像。

梅遜在完全黑暗中寫作，反而完成好幾部之前未曾創作的長篇小說。全瞎了還要寫，這真的是「不寫會死」的模範案例。

我沒這分意志力，看不見了一定束手投降。所以要保護好眼睛，使用3C產品不敢多，運動養生不可少。常覺得寫作者能文武全才最好，若只能文，那麼，當個文弱書生就好，不要當體弱書生。文弱書生或許少了英氣、霸氣與力氣，若身體健康，尚可把份內之事做好，若身體弱，倒下，才氣再多也沒用文之地。沒有比把生理與心理照顧好更重要的事。

輯四

那個時代的光與黯然

我所記得與不想記得的李敖

1

說到李敖，不免想起白居易名句：「周公恐懼流言日，王莽謙恭未篡（下士）時。向使當時身便死，一生真偽復誰知。」

周公若早死，叛亂的不實指控無從洗清，將以野心分子的汙名，遺臭萬年；王莽若早死，來不及篡位，謙恭下士的形象，必將名垂青史。

李敖倘若英年早逝，評價必然比現在好上N倍，或許會像蔣渭水、殷海光等人那樣以抵抗強權的身影為人紀念崇仰。

這個時間點有兩個，一是一九八〇年李敖與胡茵夢結婚又離婚前；或者更晚，在兩岸開放交流、中國崛起後的二〇〇五年赴中國展開「神州文化之旅」前。

為什麼是這兩個時間點？

我在大學二年級暑假前，才知道李敖這個人。在此之前的李敖，坐牢五年八個月，出獄後隱居兩年半，書被查禁光光，老一輩才知道他，我們這些小蘿蔔頭哪聽過他的名字？

而就在我大學二年級暑假前，也就是一九七九年六月，當時的文藝青年要不知道李敖也難，《中國時報．人間副刊》不但刊出他的大篇文章，另有一篇王健壯、金惟純的採訪稿，於是我們知道，有個叫李敖的人，出了一本書，叫做《獨白下的傳統》，由遠景出版社發行。這個人，這本書，好像很厲害的樣子。

我當時雖念中文系，古書念得也不壞，但已受胡適、陳序經等人影響，對傳統無啥好感。《獨白下的傳統》正得我心，買回一讀，驚為天書。雖然書裡並未直接攻擊傳統，不見犀利潑辣文筆，反而幽默行文，暗藏對中國傳統的冷嘲熱諷，幾千年來的歷史在李敖筆下舉重若輕，他整理史料、串連資料功夫了得，令我佩服不已。

這書也展現李敖一流的文案寫作能力。我說的不是扉頁上大家耳熟能詳那段：「五十年來和五百年內，中國人寫白話文的前三名是李敖，李敖，李敖，嘴巴上罵我吹牛的人，心裡都為我供了牌位。」老實說，這種話誰都會說，甚至於五百年可以更豪氣改為一千年，前三名可以更誇張自稱前五名，就看臉皮夠不夠厚而已。真正強的是封底那句：「遠景過去沒有李敖，李敖過去沒有遠景，現在，都有了。」把自己的名字和出版社——對他有知遇之恩的出版社名字扣合起來，「遠景」兩字一語雙關，真是神來之筆。

李敖復出，紅透半天邊，不只是因為其書，與影視新聞常看到他也有關係。李敖、胡茵夢，才子佳人，結為連理，風風光光，當時哪知光鮮背後那麼多坑坑疤疤。

那年（一九八〇年）暑假，我在中影游泳池泡水，抬頭看到池畔胡茵夢走來，與男演員田文仲一道拍戲出外景（後來在電視上看到，是台視連續劇《碧海情濤》）。我所見到的胡茵夢，無精打采憔悴損，和銀幕大美人形象有點落差，沒有蜜月期新娘該有的神采，不知怎麼回事。沒過多久報紙好大一篇，兩人離婚，三個多月的婚姻玩完了。據胡茵夢自述，那段日子她不堪摧殘，體重直落。

然而男歡女愛，離合聚散，是個人私事，旁人無從置喙，真正讓人疑惑的是婚變前後冒出來的兩則新聞。

真的是疑惑，既懷疑又困惑。懷疑李敖另有一面，不是他透過文字為自己塑造出來的那樣；困惑，怎麼一個寫作者會做出這些事？會不會有誤會或冤屈？

這兩件事，一是李敖侵占《文星》雜誌發行人、他的好友蕭孟能出國前委託他保管的骨董字畫，一是四海唱片歌詞版權糾紛。前者李敖解釋為政治迫害，後者則以移花接木轉移焦點。

且說唱片一事。這首歌是陳明、王誠專輯裡的〈別說你不知道〉，那陣子兩人常上電視打歌，我聽熟了，隨著哼哼唱唱，忽然有一天看報紙知道專輯下架了，這首歌不能唱了。唱片公司董事長廖乾元、製作人邱晨幾天後開記者會說明始末，尚未離婚的胡茵夢則在記者會上為他們作證。

據唱片公司說法，邱晨曾請李敖夫婦吃飯，徵求李敖同意以他的新詩〈別說你不知道〉為歌詞。李敖同意，且大方表示不用簽約。出片後，李敖卻不認此帳，揚言提告，索價高達兩百萬元，雙方和解破局。

邱晨在記者會上，撕毀李敖的書。此後李敖宣揚個人政績時，除了坐牢，還包括被撕書，撕書的緣由其實是這件事，與他一再自稱因為耿介、異議、先知、說真話而被反對者撕書，全然是兩回事。

胡茵夢自傳也寫了這一段，不幸的是她記錯歌名，誤為〈忘了我是誰〉，給了李敖可乘之機。很多很多年後李敖穿著紅夾克在電視表演單口秀，曾用十幾集罵胡茵夢，其中一集談及此事，為示清白，他拿出許多證據，證明〈忘了我是誰〉不拿版稅，以證說他設圈套以勒索詐財一事純屬誣蔑。然而對〈別說你不知道〉絕口不提，此即前述李敖所擅長的，移花接木、轉移焦點的乾坤大挪移手法。

當然，這些是多年之後慢慢想慢慢拼湊才知道的，當時只覺得此君或許有多重面貌，不過作者歸作者，作品歸作品，他的文氣磅礡、資料龐雜，仍頗有看頭。我仍然持續追蹤其著作，《李敖全集》六冊（最先只有六冊，如今龐然大物矣）、《李敖千秋評論》、《萬歲評論》、《李敖千秋評論號外》、《烏鴉評論》、《求是報》、《李敖求是評論》，以及《北京法源寺》等小說，多不勝數，全給看了。讀得愈多，其故步自封、斷章取義、視野狹窄卻不自知的缺點也暴露愈多。直到後來他自廢武功……

2

當李敖的朋友是快樂的，他懂人情義理，風趣幽默；當李敖的敵人是痛苦的，他睚眥必報，死纏爛打。

恩怨情仇，本為私事，但摻進著作裡，就是作者與讀者的事了。這個現象在《李敖千秋評論》中後期尤其明顯。

《李敖千秋評論》於李敖二次入獄時發行，因為受刑人不得為雜誌發行人，他把雜誌形式改為叢書，一樣按月發行。《李敖千秋評論》是台灣 MOOK（雜誌書）的先驅，具有雜誌的情報速度與定期出刊的特性，又有書籍製作的深度，不同的是它沒有大量圖片，偶有插圖搭配內文，大致以文字為主。

《李敖千秋評論》作者從李敖一手包辦到後來納入其他作者，同時開枝散葉繁衍出《萬歲評論》、《烏鴉評論》等家族成員。這是李敖活動力、戰鬥力、破壞力最大的時期，文字產量之豐，令人咋舌。

《李敖千秋評論》前面幾期質量很好，除了論述，還有一些散文。為何強調散文？我始終覺得，李敖寫最好的是散文，其次小說，再來雜文。以《人間副刊》專欄為主體的《李敖文存》（四季出版公司），是我心目中一流的散文集。

可是隨著政治情勢開放，以及個人志業的轉變，《李敖千秋評論》漸漸的以政治評論為主，另外摻雜李敖的日記、書信，以及訴訟資料等，有點像今日讀臉書，知道他跟誰吃過飯，現任女友叫什麼名字（代號），和誰翻臉了，有些頗有趣，有些繁瑣。

最為繁瑣的是和訴訟有關的文字，這些一面之詞，外人很難看懂其中曲折是非。然而訴訟是李敖的日常，是他保護自己或攻擊對手的手段，也是他生財之道——打贏官司獲賠，賺一筆；打不贏，或官司打到一半，有時也可進帳。比較光明的案例，李敖會拿出來夫子自道。最有名的例子如郁慕明，一九八三年他還是國民黨員的時期，他辦的雜誌《秋海棠》罵李敖，被一狀告到法院，郁慕明雖然打贏官司，卻不堪纏鬥，而與李敖和解，買下李敖在林肯大廈的房子。

但不是每個案例皆如此收場，圈內人知道李敖的手法，風評不好，李敖索性自認真小人——與其當偽君子，不如做真小人，而他就是真小人，重點不在小人，而在真。但這話李敖自己講可以，別人不能在這方面大作文章。有人卻做了這件事。

這人就是柏楊。柏楊一九八九年五月出版《家園》，書裡有這麼一段大捋虎鬚的話，他提到，大多數都認為真小人比偽君子要高，於是有人自稱真小人，「目的在利用人們某種錯覺，認為一個人一旦公開承認他是真小人，他不但不是真小人，而且還有一種不同流俗的道德標準；這是一個陷阱。」「偽君子在情勢逼迫下，還不得不做出一點好事，而真小人就無時無刻不在動他的腦筋，利用別人對他『率真』『灑脫』『英雄氣概』的印象，做出喪盡天良的事。世俗稱這種人無恥，而『無恥』正是所有罪惡的開端。」

這篇據說寫的是毛澤東，但所用詞語，李敖讀者必有似曾相識之感，什麼偽君子、真小人，正是李敖那段時期大力放送的概念。精如狐狸的李敖怎不察覺？三個月後，李敖出版《醜陋的中國人研究》，把柏楊批評得體無完膚。

李敖是不能惹的，能當李敖的朋友最好。例如馮滬祥，曾擔任過李敖新黨總統候選人搭檔。李敖太愛他了，找他來上電視節目《李敖笑傲江湖》，對他讚不絕口，不了解馮滬祥的人可能以為他是什麼古今完人。

多年後馮滬祥涉嫌性侵外籍女傭案子爆發，大家搞不清楚怎麼回事，唯李敖公開為他背書，理由是強暴需要很大力氣，馮滬祥怎可能做這事？愛馮滬祥到這等程度，真令人感動灑淚。李敖甚至愛到對馮滬祥當年涉及的台大哲學系事件絕口不提，他向來最厭惡的國民黨爪耙子在他眼前，他視而不見，反而頌揚。對當時害多少學者窮山惡水前途茫茫的歷史事例，毫不追究，何其寬厚。

朋友來來去去，敵人此起彼落，李敖花太多時間心力在政治評論，以及誰跟誰的是是非非之中了。這些批評論說，集中在一九八〇年籌辦《李敖千秋評論》以來的寫作，以及一九九五年開始的電視單口秀節目裡。

錄製電視節目，雖然也費時，但畢竟是影像工作，且所述內容大部分是書上寫過的舊聞，真正占據時間，使李敖無法寫出有系統、有分量著作的，是那些《XX評論叢書》。終於有一天，他下定決心結束這些細碎寫作：「一九九二年四月一日，我急著寫我要寫《北京法源寺》以外的那些書（按：此部小說於一九九〇年底出版），決心結束每月不得安寧的寫作方式，於是在《李敖求是評論》第六期出版後，告別了這一每月折騰的生涯。」

這裡說的一九九二年是李敖重要的一年。這一年，李敖告別「每月不得安寧的寫作方式」，寫起系列專書；這一年，他再婚了，數不清的風流情事暫時到此為止，走入家庭。事業、家庭進入穩定模式。

李敖的妻子是小他三十歲的王小屯（王志慧），她的模樣直到二〇〇五年陪李敖「神州文化之旅」時才曝光。但我很早就見過她。那天我去聽李敖演講。這是我第二次見到李敖，前一年親睹本人，一九八九年四月十四日，李敖在台北耕莘文教院舉行「李敖來台四十週年紀念演講會」，現場人山人海，全程笑聲不斷。而這回再見，李敖在好幾個保鑣防護下走進會場，我卻還在室外逗留，只為貪看一個漂亮女孩，她陪同李敖過來，李敖開始演講後她留在外頭。短褲下修長的腿，十分好看。

李敖後來自承，她看女生，先看膝蓋，膝蓋不及格免談。他最初在公車站牌見到的王小屯，就是短褲打扮、腿部修長的模樣，讓向來以貌取人的李敖一見傾心，搭訕，追求，愛情長跑十年，終於修得正果。而我，身為李敖的長期讀者，希望他自此定下心來，專心著述，寫出想寫的大作，包括《中國思想史》等。

3

說李敖寫最好的是散文，是有依據的。《李敖文存》（一九七九年，共兩冊）收錄了好幾篇結構嚴謹、幽默巧智、格調高遠的文章，〈由不自由的自由到自由的不自由〉等文尤為上品，〈且從青史看青樓〉、〈中華大賭特賭史〉等篇，則延續《獨白下的傳統》主旨，出入於古今之間，插科打諢，卻寫得擲地有聲。

但散文的戰鬥力不夠，傳統或西化的論戰話題也老了，李敖寫作漸漸轉向政治評論。後來沉潛下來，先後完成《北京法源寺》、《上山．上山．愛》、《虛擬的十七歲》、《第73烈士》等多部長篇小說，其中最著名的莫過於《北京法源寺》。

這是一部不像小說的小說，比較像是論述的小說化，長篇大論藉小說人物口中說出（這是李敖小說的共同特色，作者化身為主角人物，雄辯滔滔）。其實寫得不壞，有思想高度，有歷史深度，但人物形象扁平，每個人說出來的話，口氣一樣，習慣用語一樣，都很像同一個人，一個名叫李敖的人。雖說寫得不壞，但離一流作品頗有距離。

自視甚高的李敖豈肯承認力作有不及之處？後來自導自演了一場騙局，有一天突然宣稱其人（李敖）其作（《北京法源寺》）榮獲諾貝爾文學獎提名。之後找《中國時報》發行人余紀忠，要報紙幫他宣傳。據當時擔任《人間副刊》編輯的蔡其達回憶，余紀忠在二〇〇〇年二月十六日上午要《人間副刊》次日製作「李敖獲諾貝爾文學獎提名」專輯，原有版面全數撤下。但臨時找不到作者願意寫，副刊編輯只好拜託楊照。楊照勉為其難寫了一篇〈李敖與文學〉，有褒有貶，雖為中肯之論，但李敖閱後想必氣炸了，好幾年後在電視節目裡，東扯西扯沒什麼重點的罵了楊照整整一集。

然而哪來什麼「諾貝爾文學獎提名」這事呢？何人獲提名，是祕密，五十年後才可解密。也就是說，每年諾貝爾文學獎只會公布得獎者，不會，也從未，公布過「候選人名單」，推選詳情只有委員會成員知道。

諾貝爾文學獎不是奧斯卡金像獎，沒有入圍名單，沒有提名。更不用說諾貝爾文學獎對象以人為主，並非頒給一本書，說《北京法源寺》一書獲提名更是荒謬。

李敖睜眼說瞎話，但瞎話騙倒很多人。《北京法源寺》再版，書腰上標舉「本書獲諾貝爾文學獎提名」，另有《李敖諾貝爾獎提名文選》一書順勢出版。說句玩笑話，套一句李敖寫過的書名「大江大海騙了你」，可以說「諾貝爾文學獎提名騙了你」。真的騙倒好多人，兩岸都一樣，很好騙。

說到李敖，給人第一印象就是狂妄自大。從某方面來說，他有臭屁的本錢，很少人像他那樣，意志堅強、敏銳機智、對工作狂熱、生活簡單清清如水。但他的自大，有一部分是自卑轉自大所形成的。

李敖不是神。身為凡人，自有限制，有不懂的學識領域，有沒讀過的類別的書。偏偏謙沖以對即可化解的事，他會跳出來，以自大口吻抨擊：那些都是二流的書，我不讀，我只讀一流的書。問他何謂一流的書，「就是我李敖的書」。如此公式，循環相應。就像他常講的：「當我要找我崇拜的人的時候，我就照鏡子。」兩者同樣模式。

自大自戀形成保護膜，阻礙一個人吸收新知，絆住他與時俱進的腳步。李敖坐擁龐大的剪報、書冊王國，卻無意吸收新思想、新觀點，很多時候他就像個封建時代的遺老，守著舊有價值，故步自封。偏又發言容易，麥克風一開，滔滔不絕，自此亂七八糟的發言，口無遮攔，呈現在觀眾面前。尤以性別議題為烈——因為氣胡茵夢，把胡茵夢與女性主義畫上等號，對女性主義者冷嘲熱諷，但什麼是女性主義，茫然不知。講到同性戀，就想到男同性戀；想到男同性戀，就想到性，於是逕以「戳屁股的」稱之。對一些厭惡的女性，輒以「某某某那個醜八怪」稱呼。等等蔑視，不是狂妄，而是無知。

然而真正讓李敖形象徹底破滅的，還是二〇〇五年九月十九日，展開「神州文化之旅」之後的種種言說。不，關鍵不在統獨，李敖早早就倡議「一國兩制」，他是立場堅定而公開的統派，但主張統一不代表向極權俯首諂媚。當他一再對中國的民主運動與民運人士冷言嘲諷，當他對中共種種暴行視而不見，當他全力貶損國民黨與民進黨之餘卻大力讚揚中國共產黨，等於把年輕時與黨國體制抗爭的那個自己給推翻、瓦解了。有支持者為之辯護，甚至有「李敖的自由主義建立於民族主義之上」等謬論，但說不通。

李敖在台灣人氣直落，在中國得到溫暖，新浪微博粉絲數量驚人，他們每晚八點二十分追隨李敖規律化的貼文，且照單全收，捧之又捧，回應熱烈，而同樣內容貼在台灣人常上的臉書，按讚數不及新浪微博的零頭。但我相信李敖心底根本瞧不起那些腦力不足的敖粉們，掌聲再多，填補不了內在的孤寂。他常自稱「寂寞的先知」，先知是沒有，寂寞倒是真的。

李敖喜歡把「敖」念成四聲，與「傲」同音。他有傲的本錢，蒐集資料所下的苦功，讀書得間的靈活與敏慧，強大的戰鬥力與世間罕有的意志力，都足以自傲。但梟雄風格又藏有細緻體貼的風情，以致眾人看到的李敖，常有不同面向。

我相信李敖是寂寞的，在他生前身後，眾多友人寫下的李敖，我最欣賞最難忘的是林清玄記述的一件事。李敖住院，林清玄提水果去看他，李敖笑著說：「沒想到你也不能免俗，提水果幹什麼？」

這一句「你也不能免俗」多麼灑脫豪邁，向來厭惡應酬文化的我不免嚮往，如果社會上抱持這種態度的人多一點，至少我的親戚朋友也是這類性格，該有多好。

既有紅白帖一概不應、不耐世俗的豪氣，又有洞悉人情世故的體貼，這樣的人，像是《世說新語》走出來的人物，眾人看他如盲人摸象，觸碰到不同的部位，就有不同的解讀。所以我常想，對李敖自述的大小事全盤相信的敖迷是幸福的，他們在一個人身上看到真善美的完好組合。

我讀過李敖所有的文字，也追蹤他每一則訊息，了解他的強項與弱點，知道他值得讚頌與應該被批判的地方，他的勇敢，他的怯懦，他的英氣，他的變態。不管對他的評價如何，他是一代奇才，後世難有。如今這位文化頑童、文壇強者離開了，我希

望永遠記得他的勇敢、樂觀、堅定與勤勞，至於那些不堪聞問的部分，不想記得，就
讓它隨風飄散吧。

向田邦子在台灣上空殞落那一年：

一九八一．之一

一九八一年，於我，是特別的一年。這年，我大學畢業，入伍服預官役，走向無光所在。而在當兵前這八個月，台灣陸續發生幾起意外事故，死亡意象與無常幻滅感盈滿我整個內心，我在死亡陰影中走向一年十個月的軍旅生涯。

首先是一月二十三日，景美女中與達人女中、大安國中等師生六百多人，在台北外雙溪烤肉戲水，卻因台北自來水事業處淨水場技士操作不當，洪水宣洩而下，十五名師生溺斃。

三月八日，台鐵頭前溪橋事故。一列自強號列車行經新竹、竹北車站間頭前溪橋南時，撞上闖越平交道的砂石車，三十一人死亡，一百三十人輕重傷。

最震撼的，莫過於八月二十二日三義空難事件。（陳文成也遇害於同年七月二日，但這是另一件事，在此略過。）這天遠東航空由台北飛往高雄的班機，於空中解體爆炸，墜毀在苗栗縣三義鄉山區。機上機組員六人、旅客一百零四人全數罹難。

空難新聞，多多少少，這次最可怖。目擊者形容：「天空上有許多人，像下雨一樣，紛紛往地上落。」乘客遺體，或掉落在屋頂，或穿透住戶屋頂墜下，屍體焦黑如炭。這些慘狀經報紙大幅報導，文字敘述，血淋淋畫面如在目前。

遠東航空波音客機於三義解體，人命瞬間化為烏有，如此無常，教我驚怖不已。

罹難者包括十八名日本人，名單中有一位作家向田邦子。

向田邦子之名，如三義這地名一樣，我生平首聞。當時想不到後來會讀到且那麼喜歡她的書，也想不到向田邦子成為許多台灣讀者心愛的作家。

據說向田邦子是為了取材而來台灣旅行，不知她要撰寫什麼題材、內容，與台灣有什麼關係。但真是倒了八輩子楣，搭到遠航這班飛機。新聞報導，這部飛機當天先由台北飛往澎湖，起飛十分鐘後就因艙壓失壓，飛回台北檢修。檢修完畢後，當日再度飛行，不料起飛十四分鐘後失壓解體。也就是說，飛機故障原因根本沒找到。維修不到位，害死百餘條生命。

雖然向田邦子從罹患乳癌後對無常、禍福相倚的生命哲學有所體會，但這麼戲劇化離世，大概意想不到吧。

向田邦子曾說過一句話：「禍與福，就像是一條雙股繩。」《窗邊的小荳荳》作者黑柳徹子在《不管多寂寞，我依然放送歡笑：窗邊小荳荳的真實人生》書中有篇〈霞町公寓B之二〉，回憶她與向田邦子的交往種種說道，將近二十年，她常在向田邦子寫的廣播劇中演出。有一次，台詞裡有一句：「禍與福，就像是一條雙股繩。」她問這句話的意思。向田邦子答道：「人生啊，在遇到好事之後，必定會隨之發生不好的事。也就是說，人生是由幸福與災禍兩條繩子編織而成的。不是嗎？」

黑柳徹子還反問了一句：「是這樣嗎，難道沒有都是幸福的繩子編織成的人生嗎？」

如果向田邦子當下有所回應，一定答覆：「沒有。」「禍與福，就像是一條雙股繩。」用文言文講，就是《老子》這句：「禍兮福之所倚，福兮禍之所伏。」意思是說，幸福在災禍裡，災禍也在幸福中。福與禍一體兩面，往往相因而至。

向田邦子以撰寫廣播與電視劇劇本成名，卻不幸罹患乳癌。手術成功，大難不死之後，又因血清肝炎病發而導致右手癱瘓，迫使她放棄長篇劇本創作而改寫散文小說。幸好轉型成功，成績斐然，榮獲「直木賞」殊榮。孰料一年後殞歿在台灣上空。一禍一福，禍福相生，造化弄人，無可奈何。

向田邦子《父親的道歉信》裡頭有一篇〈隔壁的神明〉，講父親因心律不整，半夜兩點過世於家中。一家四口圍坐在父親身邊，弟弟對母親說，好像應該拿塊布蓋住父親的臉。母親神情恍惚，順手拿一塊印有圓點圖案的抹布蓋在父親臉上。母親眼神空洞，似乎未察覺有異，弟弟默默從口袋裡掏出手帕，將抹布換了下來。

葬禮結束後，母親不記得此事了。聽子女說起，她表情哀戚說：「若你爸還活著，一定會氣得揍人。」

讀到這段敘述，笑中帶淚，不只是情節本身，也因為聯想起作者向田邦子猝然喪生，連壽終正寢、臉上蒙上一塊布的機會都沒有。雖然猝逝未必比久臥病榻而逝不好，但到底太年輕了，才五十一歲。

這一年，連續幾件意外災難，讓我更加感慨世事無常，生命危脆，以致年紀輕輕，死亡的惡夢便如影隨形，揮之不去。空難後一個多月，我去服第二梯次預官役，沒時間多想。此時翻查年度大事，看到這年二三事，才留意到它對我的影響。

一名景美女學生未交代的遺言：一九八一．之二

一九八一年幾件意外事件，令人哀痛，也令人憤怒，因為它們不是天災，而是人禍，遠航空難如此，外雙溪水難亦然。

外雙溪事件給我的震撼，不僅在於一場災難，更因為出事地點離我大學所在不遠，是課餘郊遊之地，那麼熟悉，那麼親近。想到數百名學生，為氾濫大水沖擊，傷的傷，死的死，就引人唏噓，不，令人生氣。事故發生，全係人為。

細說從頭。這年一月二十三日，高中期末考結束，六百多名景美女中、達人女中和大安國中學生，在老師帶領下，到台北市外雙溪戲水烤肉，慶祝考試完畢，迎接寒假。沒想到下午兩點半，瞬間轟隆聲響，洪水排山倒海宣洩而下，六百多人驚駭莫名，逃跑不及，呼天喊地，岸邊的憲兵急忙下水救人，半個小時之內，撈起十具屍體，另

有五人失蹤。

經一日夜搜救，五名失蹤者找到，無一存活，總共十五人罹難，包括一位景美老師。罹難學生以景美女中為多。

最後一名找到的失蹤者陳華芳，是景美女中高三學生，整個身體被埋在泥沙裡，只露出一點手背。此時已是次日下午一點十五分，距洪水來襲已逾二十二小時。

搭飛機可能遭遇空難，溪邊戲水也可能不慎失足，但怎麼也想不到，平時溪水清淺及膝，大石頭散布的外雙溪，會有大水如從天而降。

洪水來自上游自來水廠，五名技工為清除淤積在水庫的雜物，未事先廣播示警，便擅自開閘門放水，因此釀成重大災害。

事發後，當時還就讀於外雙溪東吳大學的詩人楚放，針對此事寫了一首詩〈未交代的遺言〉。詩作模擬最後才找到的景美女學生陳華芳垂死前的掙扎，以其口吻敘述心事，令人讀得一陣鼻酸。

詩作首節，以父母為說話對象，第一句「二十二小時了」，指的就是女學生屍體被找到時已是水難發生後二十二小時。因為是最後一位搜獲的罹難者，致有「媽媽！只剩下我／只剩下我還不能回家」之句：

二十二小時了
媽媽！只剩下我
只剩下我還不能回家
溪水割過眼睫
泥沙堵住口鼻
我的手腳僵硬而彎曲
額頭不斷地宣告冰冷的訊息
爸爸！蓋我一條薄被
如同我夜夜讀書
你悄悄起床所做一般

次節則是對老師說的話。罹難者裡唯一的老師，朱靄華老師，救人上岸後又衝回水裡救其他同學而犧牲。敘述者此處或許想對朱老師說，自己保重吧，不用救我，水獸太可怕。詩句形容洪水發威，以及猝不及防的危急狀況，非常傳神：

老師！你拉不住我的
那些水獸來得太快太急
似閃電的巨龍奔騰而下
踐踏我的肩我的背
吞噬我的胸我的腹
抓我的手綁我的腳
啃嚙我的臉頰撕裂我的頭髮
我張大口
來不及恐懼
來不及跑過兩步外的石頭

詩共五節，以上為前兩節。此詩榮獲第二屆「雙溪現代文學獎」新詩組首獎，另發表於《聯合副刊》，並同時選入兩家年度詩選——張默主編，爾雅版《七十一年詩選》；李魁賢主編，前衛版《1982 年台灣詩選》。

「雙溪現代文學獎」官方網站也收錄包括這首詩的歷屆得獎作品。詩人楚放，本名盧思岳，是一、二屆「雙溪現代文學獎」新詩組首獎得主，第一屆得獎作品是〈大甲媽祖回娘家〉。從為數不多的作品看來，他的社會關懷強烈。果不其然，大學畢業後，頗有詩才的他，並未持續走向創作之路，而從文藝青年、中學教師，變成社運工作者。

盧思岳起初在明道中學教書，因為反對強迫畢業生捐款，與學校槓上。那時候同校有個作家苦苓，寫《校園檔案》批判教育體制而大紅，但對強迫畢業生捐款一事，苦苓未吭聲。盧思岳意見太多，終被解聘。

後來盧思岳投入鹿港反杜邦運動，辭去第二間學校教職。此後，反核、農運等抗爭現場，都有他的身影，甚至於一度被列為「工運流氓」，被打被關。聽他說起此事，輕描淡寫，口氣溫和平緩。喔，有這麼溫柔的流氓嗎？

再來就是他現在的樣貌了，從社運中走出來，變成愛家的人，愛別人的家，愛自己的家，從事社區重建與營造工作，結婚生子。而文學可能漸行漸遠很難回來了。

楚放〈未交代的遺言〉系列還有一首，以「日本關東軍七三一部隊在中國東北做生化作戰實驗」為題材，敘述一位中國少年被誘拐做生體解剖，活活被製成標本。「手術刀肆虐我的身體／白色的脂肪似一扇失血的門／顫開，心臟肝臟胰臟和胃袋／一件一件地奔流出來／媽媽！我不得不憶起／十六年前在您的胎盤／它們正一件一件地成形」。

有夠淒涼。

老秦與沙究

聽說他原來是國文老師，為什麼跑來教公民與道德，我不明白。每回上課，老秦就讓隔壁班同學坐進來，小小一張木椅，兩個男生擠在一起，二合一，一次上完兩班的課。

教國文的老秦不像國文老師，塊頭大，肚子大，黑臉，帶點邋遢，和文人形象落差很大。教公民與道德的老秦看起來沒什麼道德，言行不加檢束。有一回他得意的說，曾有女學生向學校告狀說他開黃腔，老秦請女生來對質，問道：「我說了什麼？」女生支支吾吾哪說得出口？這事不了了之。老秦的名言是：「孔老夫子的睪丸皮也是皺的，和我們一樣，為什麼要念他講的話？」

事隔幾十年，最近看了周志文的自傳散文集，才知道當年老秦睥睨群師，嘲諷同事作文改得那麼辛苦幹嘛，他都倒過來圈點，從文章後面圈回前面，再隨便打個分數，便交差了。有同事不解，他當下表演，「不到半分鐘就圈完了一本。」圍觀者眾，嘖嘖稱奇，不久靜到突然，原來校長聞聲而來，看在眼裡，一臉鐵青。於是老秦被貶官流放，只好教起公民與道德。

看到這裡，我才明白，為何公民課要兩班一道上課。本來國文一週六堂，教兩班即可，而公民一週一堂，偏偏副科老師按規定要上十八到二十堂才夠堂數，等於包下全部國中部的公民課，這樣豈不活活講死？大牌的他，索性變通合著上，我想他一定恨不得找個大禮堂，所有班級的課，一次上完。

我一直相信所有玩世不恭、放浪形駭的文人，都有一段傷心史，他們往往以荒謬言行掩飾內在的慌亂，以輕浮的戲謔包裝沉重的心事。我相信老秦也是這樣的，總把正經面藏匿起來，以致說話顛三倒四。

老秦筆名秦淮，問他為什麼，人前他說秦淮河自古就是名妓集中地，夜夜笙歌，多爽啊。人後他才吐露，他是江蘇淮陰人，筆名「淮」字由此而來。老秦私下認真的講，或許正經話講多了怕噎著，話鋒一轉，忽然念起江蘇淮陰同鄉，那個叫韓信的古人。他說這人受胯下之辱也就罷了，最後死在女人（呂后）之手，難怪「淮陰人一直倒楣，兩千年來從沒人得意過。」

我應該叫他秦老師才對，不過跟著周志文教授叫比較親切。老秦是周志文在桃園振聲中學的同事。周志文《記憶之塔》描述，秦老師教公民與道德之後，戲稱自己是公民與道德專家，最後「公民」兩個字省略，自稱道德權威。「以後有關道德的問題，你們就來問我這聖人好了。」

《記憶之塔》一書寫振聲人事，除了創辦人、校長，還有兩位國文科同事，老秦和沙究。好巧，兩位都是我的老師。那是一座恐怖的學校，給我的心靈創傷，至今仍無法平復。

振聲中學三年，老師、訓導人員多的是生毛帶角，殺氣騰騰，不打人的老師簡直是菩薩轉世，佛心來的。沙究便是一位。周志文筆下浪漫多情的沙究，是我初三國文老師兼導師。依時間推算，他應該是因花邊新聞被炒魷魚之後回鍋才教到我的。當時聯考在即，分秒必爭，師生互動不多。沙究身兼學校行政（好像是教學組長），更忙。這個好，少來擾民的老師最好了。

沙究姓胡，他的字我印象深刻，方正帶點圓角，工整而不呆板。我入學後前兩學期當衛生股長，之後蟬聯四學期學藝股長。學藝股長掌管教室日誌，要填寫每堂課的教學進度，請老師簽名。有的老師下課揮揮衣袖瀟灑離去不愛簽名，隔一段時間教務處盤點，我生性害羞，不太好意思找老師們補簽，便自己偽造簽名，當時不知道被逮到是要記大過或被打個半死的。沙究名叫胡幸雄，簽名就一個「胡」字。胡字特別好簽，我簽來得心應手，相似度極高。

上大學後，買了圓神出版的小說《浮生》，看了作者簡歷才知道我曾經有位作家老師。這老師不打人的，真好。

我與布袋戲的半世紀情緣

每當年輕朋友問，怎樣學會講台語？我就建議：「看布袋戲吧。」

我這一輩，小時候台語被打壓，在學校禁說，違者要罰款、掛牌，直到抓交替，逮到下一個倒楣鬼。儘管如此，許多人即使不以台語為母語，卻能聽能講，或許拜電視布袋戲所賜。

我說的電視布袋戲，是以黃俊雄《雲州大儒俠》為代表的布袋戲。這齣戲初登板即紅遍全台，擄獲民心。現在查看資料宣稱收視率百分之九十七，萬人空巷。是不是空巷我不可能知道，因為播出時，我在家直盯電視，動也不動。至於收視率，彼時沒有測量工具，電視台派人上街頭，察看一樓開著門窗的各戶，電視播放哪個節目，收視率的數據是這樣來的。

不論如何，中午看黃俊雄布袋戲是全民運動，古往今來超過所有型態的電視節目。

我念小學的時候，還沒有學童綁架案，小學生中午回家吃飯，順便看布袋戲，合情合理，問題是往往看得欲罷不能，看完才返校。有一次平常摸魚打混下午不知幾點才會出現在課堂的班導師突然冒出來，看到空位多，很生氣，放學後我們這些曠課同學排排跪在講台上。我對老師有怨，一面在心裡獨白，引用史豔文與六合善士常說的：「忍他、讓他、不管他，看他如何。」（實際上出自唐朝詩僧拾得的話）一面咒罵導師：「藏鏡人，你這萬惡罪魁，罪惡重重疊疊（台語 ting-ting-thah-thah）。」

我們看布袋戲長大的戲迷，講起布袋戲口沫橫飛，幾天幾夜也講不完。只是每個人記憶中的版本可能都不太一樣，不管是《雲州大儒俠》或《六合三俠傳》。幾十年來，反覆上演，人物背景與劇情發展有各種版本，版本過多而存留的劇本、影帶太少，很難考證比對。何況黃氏家族開枝散葉，黃俊雄的哥哥、侄子、兒子、徒弟，各掌半邊天，同一角色出現在各人的各齣戲裡，人物生平與故事時有相異，戲迷在網路上追述細節，每個人所記得的，也不盡然相同。但有些交集永遠不變，且談起來興味盎然。

例如黃俊雄精采生動的口白，以及常常出現的句型詞彙，大家耳熟能詳，朗朗上口。諸如：「金光閃閃、瑞氣千條。」「順我者生，逆我者亡。」「山中有直樹，世上無直人。」「一步一步行入死亡的界線。」「天堂有路你不走，地獄無門闖進來。」

「轟動武林，驚動萬教。」「緊張緊張，刺激刺激。」

有些名詞，如「衰尾道人」，也深印我們腦海。說到衰尾道人，便得舉出代表人物秦假仙／真假仙。這個角色太特別了，從黃俊雄的金光（金剛）布袋戲，到黃文擇的霹靂布袋戲，幾乎每個版本都有他，像梅花有土地就有它一樣，諸多角色進進出出而他永遠在，屬於蟑螂級的人物。他的鼻子被削掉，講話漏風，話又多，不用出場，憑口白，大家便知道是他。

網路上老少戲迷聚在一堂，論起秦假仙／真假仙是否同一人？茫茫然。我小時候看的《雲州大儒俠》，此君名叫真假仙。這名字取太好了，真真假假，虛實莫辨，遊走於黑白兩道，沒什麼原則。

他是殯葬業者，所謂土公仔，每次聽到誰不自量力要去挑戰某某，他便用特殊鼻音說道，要去準備草席仔了。十足的衰尾道人。

在後來的版本，字幕已經改稱秦假仙。一樣沒鼻子，凸眼，權謀高深，但已進化為武功高強。

秦假仙或真假仙，因為閩南語的秦／真二字音近而轉用。用國語念，無論如何也推敲不出其中奧妙。

不知是否先入為主的緣故，布袋戲就是要閩南語發音才對味。黃俊雄布袋戲一度成為政府推行國語政策、淨化電視節目等政策下的犧牲品，或改為國語配音，或推出真人版。雖然不敢說不倫不類，但的確原味盡失，韻味全無，以收視率來說也都轉型失敗。

布袋戲禁播期間，沒魚蝦也好，我也看《雲州大儒俠》真人版連續劇。不是布袋戲大紅後乘勝追擊加拍連續劇，而是被迫轉進。《雲州大儒俠》開播第三年（一九七二年），布袋戲前途黑天暗地，反對者千夫所指，台視只好停播布袋戲，改推連續劇，名為《雲州英雄傳》。楊麗花飾史豔文、石英飾藏鏡人。好不好看？災難啊。

電視布袋戲究竟是語言因素，或內容打打殺殺、怪力亂神而遭打壓？回頭看，顯然兩者皆是。發音是黃俊雄布袋戲的第一個原罪。一九六二年，台視開播後第二年，政府就規定廣播電視台以國語為主，方言節目不超過百分之五十。一九七〇年《雲州大儒俠》轟動全台後，更令政黨人士惶惶不安，立委提議，推行國語之餘，必須淘汰方言，廣播電視所有方言節目（連同廣告）或立即禁止，或逐年降低。一九七二年各台台語節目被迫減少，或降低台語比例到百分之十六以下，或限制時數（台語節目每天每台不得超過一小時，分散於午、晚間各播一次），部分台語節目收視率再高，只能應聲倒地。

小時候在報紙上讀到這類新聞，我就擔心《雲州大儒俠》、《六合三俠傳》等布袋戲被停掉怎麼辦？更不用說，布袋戲背負「學童逃學」、「工人怠工」、「農民廢耕」等罪名，成為眾矢之的，到這等程度電視布袋戲已難生存。一九七四年還看得到雲州系列的《雲州四傑傳》，次年，老總統逝世，布袋戲禁演一個月，之後規定只能播放表揚忠孝節義的劇情。台語布袋戲從螢光幕黯然消失，達八年之久，期間黃俊雄只能製播《二十四孝》等國語布袋戲。我沒時間看，也不想看。——在這之期我看過國語布袋戲，早在一九七三年四月八日台視就推出黃俊雄第一齣國語電視布袋戲《新濟公傳》，但少了原汁原味，主題嚴正，很沒意思。

沒了，什麼都沒了，我的布袋戲歲月結束了。一九八二年，黃俊雄閩南語布袋戲捲土重來，收視率仍領先同時段節目，但不復當年盛況。而我當兵去了，之後上班，看不到。再注意到電視布袋戲，是因為聽聞霹靂布袋戲大受年輕朋友歡迎，紅到戲偶擁有後援會。

黃俊雄的兒子黃強華、黃文擇兄弟，漸漸走出黃俊雄的金光籠罩，與父親分道揚鑣，自創新局，開創霹靂王朝，從錄影帶市場出發，成立專屬電視頻道，運作更加成熟專業，製作技術更上一層樓，讓布袋戲風華再現。我幾度追看，聲光刺激帶來的武戲精采萬分，但文戲平平，內涵、樂趣不多。人說情歌總是老的好，走遍天涯海角忘不了，電視布袋戲也是這樣。

懷念六合、大儒俠時，就唱歌吧。在螢光幕上與黃俊雄的戲偶相遇，半世紀以來，有的劇情深深牢記，化為記憶情感，有的印象模糊了。唯每個角色出場曲，人物身影，詞曲律動，永誌難忘，總是不經意於口中哼出，在心底彈響。苦海女神龍、孝女白瓊、大節女、冷霜子、三缺浪人、恨世生、相思燈……，曲多不及備載。

這些膾炙人口、流傳至今的人物主題曲，詞意多與角色心境相符，所以令人感動難忘。多年來，不少歌手喜歡翻唱布袋戲歌曲。布袋戲歌曲動聽，歌裡有故事，有騷動的靈魂，而難唱也在這裡。恨世生（沙玉琳）的〈愛與恨〉，是一個例子（國語歌曲版叫做〈昨夜夢醒時〉）。我只要聽到歌手演唱，把兩段開頭「我愛你，可恨的人」唱成「我愛你，可愛的人」，「我恨你，可愛的人」誤為「我恨你，可恨的人」，就眉頭深鎖緊皺。歌詞一錯，整首歌張力盡失。那是全然置恨世生情變後愛恨交加的心境於不顧，才會唱反。

為什麼？恨世生原來的身分是康城公主沙玉琳，出遊賞雪時救回受傷的史豔文，並對他一見鍾情。他雖然感謝救命之恩，但待之以禮，傷癒後急於返國述職，允諾日後回訪。不料史豔文離開後，藏鏡人唆使巴城爵子，並幫他易容，冒充史豔文，假意不捨回返，與沙玉琳發生性關係，三天後留書出走，表示無法與異邦女子結合。沙玉琳不堪羞辱，化身「恨世生」，行走江湖，欲殺負心漢史豔文。由於又愛又恨，所以代表歌曲才會說：「我愛／恨你，可恨／愛的人」，這麼矛盾。

儘管有愛有恨，但不管如何，是一首怨懟的歌。黃妃唱過這首，現場唱得不錯，但以甜美表情、帶著笑容來表現，則大謬矣。我雖然喜歡黃妃，但看她唱得那麼高興，不得不皺眉，若知道故事，體會歌詞，怎可能笑逐顏開歡唱呢？也許這個角色太苦，她想強調愛的一面吧。

布袋戲歌曲一首接一首唱著、聽著，緬懷之餘，卻未料老派《雲州大儒俠》其實並未消失，黃大師最年輕的兒子黃立綱繼承衣缽，操偶、口白、導演、編劇、拍攝，樣樣本領都會，自創新戲之外也不時演繹父親的老戲碼，父子這幾年多次合作演出。二〇一一年三月，我在國家劇院實驗劇場看了《雲州大儒俠》現場演出，非常興奮，雖然劇情關於史豔文與藏鏡人的身世安排我不喜歡。

以前版本，史、藏兩人就已經是兄弟了，但這個公演版他們進一步變成雙胞胎。

藏鏡人取下面罩，赫然和史豔文一模一樣。原來，當年交趾國進攻明朝，交趾將軍羅天從攻入明軍兵營，發現明將史豐洲一對嬰兒剛出生，便帶走其中一個，企圖將他養育成人後，讓兄弟互成仇家。長大後，藏鏡人知道身世，反生怨恨，他恨，為何當年被抱走的嬰兒是他，而不是兄弟史豔文？恨意滋生，藏鏡人多年來戴上面罩，與史豔文為敵。

什麼？這不是古龍《絕代雙驕》裡小魚兒／花無缺的翻版嗎？老哏了。不過，當藏鏡人身世之謎揭開後，史豔文要他棄邪歸正，藏鏡人反問，什麼是邪，什麼是正？如果當初被抱走、在交趾國長大的是你史豔文，和明朝交戰，請問你是邪還是正？為什麼我來自交趾國就是邪，你身在明朝就是正？這一段話讓大儒俠啞口無言，也不禁令人反思，因為政治理念不同，不同陣營之間相互攻訐的今日台灣。

二〇〇五年底，行政院新聞局發起「尋找台灣意象」全民票選活動，近八十萬張選票，在二十四個意象中，布袋戲以超過十三萬的票數脫穎而出，擊敗玉山、台北一〇一大樓、台灣美食和櫻花鉤吻鮭等對手。在民眾心目中，布袋戲是最具台灣意象的事物。

獲此殊榮，實至名歸。邱武德《金光啟示錄》視「金光藝術」為台灣美學符號的代表，而書中又以金光布袋戲為論述主體。他把金光布袋戲拉到和美國普普藝術、超人漫畫、達達精神同等位階——普普藝術讓美國擺脫歐洲文化附庸，確定自己的藝文主體性；台灣金光布袋戲，以及金光內涵所衍生的藝術創作，包括電影、戲劇、美術、歌曲等，則充分表現出台灣「俗擱有力」的特質。邱武德說，台灣的一生就像金光布袋戲，在拼裝、變體、錯亂中再生。

布袋戲源自中國，在台灣落地生根，雖遭皇民化運動、語言與表演尺度的控管壓制，以及票房萎縮的威脅，卻能以創意，以韌性，突破困局，求變求新，以「野火燒不盡、春風吹又生」之姿，起死回生，拓展生存空間，並且歷經本土化過程，有了自己的風格特色與表現方式，發展出與中國傳統布袋戲不同的面貌，反映出民間生命力、民情風俗與社會風貌。年少時期的娛樂節目，長大後才知道，有這麼多樣而深厚的內涵，布袋戲也成為台灣學不可忽略的研究題目。

——寫於二〇二〇年《雲州大儒俠》開播五十週年當日

西門町身上是一個時代

從沿路皮條客到滿街觀光客

大學同學來電相約見面。他是唯一與我有聯繫的同學，大學時我們常下了課就到西門町，吃「謝謝」魷魚羹，偶爾看場電影。

與同學聊著聊著，就說到西門町。我們那個年代，年輕人沒有不逛西門町的，好像所有民生娛樂都在那裡。但曾幾何時，很多人很多年都不去了，東區成為逛街首選地帶，西門町衰落了，一派頹圮敗象。

受到台北市向東發展與色情產業進駐的影響，一九八五年起，長達十五年，西門町一陣沉寂，和今日判若兩地。如今的西門町，社會經濟再不景氣，這裡依然熱鬧、喧囂，觀光客川流不息。

回想西門町陷入的黑暗時期，真是驚心動魄。何以致此？那段時期讀詹宏志《城市人》裡的〈西門町的生與死〉，忽有所悟。他認為西門町的潦落，不是如某些人所言鐵路與平交道阻礙發展（當時中華路有鐵路，火車通過時，柵欄放下，交通打結），西門町盛極而衰的關鍵是地價。台北城市鬧區擁有高地價是合情合理的，但事實是，鄰近條件較差的地帶，例如巷子裡，地價同樣居高不下。然而它的商業條件又不如鬧區中心點，若一般店家沒有那麼高的獲利能力，只好撤離，任色情行業進駐。精華地帶的暗巷遂成為衰頹的起點，從暗巷逐步滲透到大街，三七仔當街拉客，逛街者望而卻步，商店陸續退出。台北西門町、紐約時代廣場、香港灣仔都是這樣盛極而衰。「不是世風日下的緣故，而是經濟法則作祟。」

是的，色情皮條客猖獗。當時每個逛西門町的男生大概都感同身受。有的迎面問：「小姐水喔，愛嘸？」有的鍥而不捨，緊迫盯人，一路跟隨好幾個路口；有的被逼急了甚至拉臂架腕，不讓你行進。我幾次被煩到發怒，劍拔弩張，幾乎要打起來。他們也不見得是什麼色情仲介，多數來自理容業。當時為保障盲人就業，明眼人不許按摩，理髮廳小姐替客人按摩是違法的，這叫「馬殺雞」，取英文「massage」諧音。不知哪位天才發明的語詞，名垂千古。

戲院黃牛與皮條客，使得在西門町壓馬路變得很不自在，但這是果，色情行業劣幣驅逐良幣，是因。唯有幾個大賣場、速食店零星撐起西門町僅餘的一點風華。

轉型後的西門町，龍蛇雜處，新舊合一，喧譁如昔，面貌更加紛雜混亂，消費對象以年輕族群為主力，卻也有老人家才感興趣的紅包場。電影街還在，雖關了好幾家，也不再是院線龍頭，至少街的形式仍維持著，比重慶南路書街還長壽。萬年商業大樓還在，以為不在了的謝謝魷魚羹也安然無恙。但時代一去不返，如今的西門町已是全新的面目與性格，多了聲光幻影，來自日、韓、中、港的國外觀光客紛至沓來，統獨陣營輪流占據錢櫃或斜對面廣場發聲，法輪功在六號出口持續控訴，多元，紛亂，就像整個台灣社會。

從絢爛歸於平淡，又從衰微中恢復繁盛，西門町熙熙攘攘，同樣人潮洶湧，同樣熱鬧喧囂，但消費型態、人群組合，已隨時代而不同。今昔對照，相似的表層底下，其實蘊含不一樣的元素結構，西門町身上是一個時代。

賽門甜不辣與〇〇七

學生時期，在西門町，這邊吃，那邊吃，奇怪的是，鼎鼎大名的賽門甜不辣竟沒吃過。

可能本來就不愛吃甜不辣吧。後來當我得知，賽門甜不辣的店名，與我童年時印象深刻的電視影集有所連結，雖然瞬間產生認同感，但我那時已經吃素，與這家老字號飲食店也就絕緣了。

這部電視影集叫做《七海遊俠》。播映年份我不記得了，只記得那時電視尚未普及，而我家買了電視機，我的幾位阿姨每週某晚會跑來我家看電視，她們是為了看一部影集，說男主角好帥好帥。

我好奇心起，那夜撐著不睡，直到近深夜節目播放。我看了影集片段，男主角頭上有時冒出光環。這部片子就是《七海遊俠》，好帥好帥的男主角，叫做羅傑·摩爾。多年後他接演〇〇七電影，紅遍全球。

我在大銀幕看〇〇七也是從羅傑·摩爾開始。後來透過影碟反覆觀影，〇〇七系列百看不厭。

二十四部，六任〇〇七，每個影迷都有最欣賞的男主角，各擁其主。現在看來，羅傑·摩爾頗有承先啟後的味道。他上承第一任史恩·康納萊的幹練、風流，另外多了風趣，以及更多的優雅從容。兩人聯手打造〇〇七在我們心目中的形象。

因此，雖然有人說，接替羅傑．摩爾的第四任〇〇七提摩西．達頓，最接近小說原型，但小說歸小說，我們看的是電影版的七號情報員。提摩西．達頓嘴唇薄而扁，陰沉嚴謹，幹練俐落有餘，優雅瀟灑不足。〇〇七不好色，就顯得不太對勁了。

我最喜歡的一任是皮爾斯．布洛斯南，他集合史恩．康納萊、羅傑．摩爾的優點，幾乎沒有缺點。但羅傑．摩爾是最令人驚奇的一位。他大器晚成，一九七三年接拍《生死關頭》時已四十五歲，偏偏又是歷任主演最多部（十二年間共演了七部的龐德）、退休時間最晚的一位（到一九八五年演《雷霆殺機》時已高齡五十七）。

當初因為喜歡《七海遊俠》而命名的賽門甜不辣／鄧普拉也是奇蹟，食客鮮有知道這部影集的，但多年來人氣不墜。

賽門甜不辣。「賽門」，這兩個字，源自《七海遊俠》男主角名叫賽門．鄧普拉，「鄧普拉」是甜不辣的諧音。後來店主兄弟分家，皆各以「賽門」為名，賣甜不辣。十幾年來，同名競爭，直到幾年前弟弟一系（開封店）把店名改為「賽門鄧普拉」。這一改，招牌店名看不出和甜不辣有何關係，從行銷宣傳看來是不利的，但這才是典故正統，才是賽門兩個字的真正源流。只不過食者自食，誰管七海或四海，年輕一代除非是〇〇七影迷，大概不知道羅傑．摩爾是誰，遑論賽門．鄧普拉。

小街長巷

同安街：走走看看二十年

1

同安街是流動的街，儘管許多人步出捷運站，走下公車，來來往往，穿梭不停，於此街頭卻都是過客，停駐時間不長。同安街缺乏引人駐足的點，百貨公司、球場、大賣場、戲院俱無，唯二的咖啡店還是近幾年才開。直到紀州庵整修完成，紀州庵文學森林成立，不時舉辦演講、展覽等活動，才吸引住訪客腳步。

我早期也是如此對待它，搬來鄰近的廈門街二十年餘，頭幾年還沒有捷運站，我與同安街日日交錯而過，卻鮮少駐足，多半直接橫越，走向台大公館。同安街，在我印象中，不過是供過客跨越的一條馬路。

比較鮮明的記憶，是不用上班的我，有時帶著家裡小朋友，在同安、南昌、晉江街路構成的，縱橫交錯如迷宮的巷弄之間，探險似的，逢巷便鑽，遇弄則穿，尋找柳岸花明的樂趣。這一趟晃遊，便以同安街為起點。

幾年後捷運通車，這條街，生活機能增加了，以捷運代步的我，每天總有幾個時刻，腳印踏留在同安街。從捷運站到我家，最近的路，是沿同安街，在最後不得不彎的地方，轉巷弄，進入牯嶺、廈門街。因此，不論去捷運古亭站搭車，或往台大、師大晃蕩，或者，簡單一些，到超市購物、外食，都會行經曲曲窄窄的同安街。同安街，曲折似蛇，蜿蜒如龍，中間兩個大彎，一眼看不到底。就這樣走了一、二十年。

因為紀州庵，同安街被提到的次數慢慢多了起來，住過紀州庵家屋的王文興也常被訪談。這條短街歷史悠久，就像紀州庵一樣古老，卻很少作品寫到。王文興筆下的同安街是極少數之一。《十五篇小說．欠缺》提及同安街中間的彎道：

同安街是一條安靜的小街，住著不滿一百戶人家，街的中腰微微的收進一點彎曲，盡頭通到灰灰的大河那裡。其實若從河堤上看下來，同安街上沒有幾箇行人，白的街身，彎彎的走向，其實也是一條小河。這是我十一歲那年的安靜相貌，以後小型的汽車允許開到這一條街中來了，便失去這份寂寞了。我現在回憶的還是通行汽車以前的時代。

文中「灰灰的大河」是新店溪，河堤現已拓展為快速道路。如今同安街上的行人、住戶比王文興那時代多了很多倍，但還是安靜，車來人往並不吵雜，比起街底水源快速道路車輛風馳電掣，簡直是山徑村路。

入了夜，更加靜謐。如果你到過紀州庵聽演講，應該記得，九點一過，道路黑漆漆，人車零零散散，自走自過。王文興寫他的同安街「子夜從九點半鐘便開始了」，現在沒那麼早，但也相去不遠。

2

同安街的宗教符碼特別豐富，大大小小的寺廟多，加上教堂、神壇，可見的算起來至少十餘家。若說，彎彎曲曲的同安街，是從一間廟開始的，也不算錯。門牌一號的建築物便是地府陰公廟。廟址在捷運古亭站出口，孤立於高樓大廈之間，面朝車水馬龍的羅斯福路。區區小廟，據說靈驗得很，因此，不管改朝換代、道路畫分或住宅都更，這座百年老廟始終不動如山，安安穩穩，佇立街頭一角，看著人事代謝、樓起樓塌。

同安街便以陰公廟為排頭，以一痕小巷的身姿開展。不，說小巷也不對，同安街前面這一路段，比小巷弄還窄仄，汽車難以穿越。順著門牌號碼，或住家，或商店，或為數最多的飲食店，緊挨林立，擠在一起，號碼時有中斷，門牌分屬同安街、南昌路與羅斯福路，十分錯亂。跨過南昌路後，同安街道分兩路，中間一排面積迷你的店面，所賣不外吃的喝的，最近都市更新，一整排拆除了，只餘邊間擺設夾娃娃機，遠遠看去，錐形的建地空間，錐頭一間小店，彷彿孤懸小島，顯得孤獨而突兀。

陰公廟可能是同安街唯一的陰廟。往下走，南昌、同安街交會口，便是十普寺。這佛教聖地，在寶可夢遊戲中，一度被標為賣食譜的地方。寺裡寺外當然不會有食譜，倒是寺前有一攤，一對老夫婦賣麻糬，原本生意平平，一度他們的故事經網路放送，出現排隊人潮。

晉江、同安街口的長慶廟，所立石碑標誌著此地為「鼓亭庄舊址」，「鼓亭」改為「古亭」。這一帶本為古亭區，捷運也沿用古亭之名，行政區畫卻因政治力而易名為俗不可耐的中正區。唯這座兩百多歲的土地公廟，以及廟旁年歲更大的老榕樹，不論政權更迭，在無數個陰陽晴雨的日子裡，默默守護著附近的良善子民。

再往下走，則是北天宮、金雞廟。最特別的是紀州庵斜對面的台北市莆仙同鄉會，四樓有座天后宮，媽祖高高在上，俯瞰眾生子民。

同安街另有一種廟，外形還在，卻看不到宗教活動，廟前另作商業用途，開設店面。例如遠近馳名的麵線店。此店販賣肉圓、肉羹、大腸麵線、臭豆腐，經常大排長龍。排隊不一定人多，也可能是老闆娘進屋備料，或者在水槽洗碗盤，或離開去倒垃圾。這一去，有時一、二十分鐘，顧客耐性出奇的高，總是稍安勿躁，靜靜等待。焦躁的人群，在等吃的時候特別沉穩有耐性，這是店家的魅力，也是食物的魔力吧。詭異的是，它離我家近，但近廟欺神，家裡沒人愛吃。

同安街諸多廟宇，有的安安靜靜，低調存在，有的會舉辦迎神賽會，熱熱鬧鬧。每當特定之日，神明遶境，長長隊伍走過，鞭炮劈哩叭啦，吾家小狗則抱頭鼠竄，渾身發抖。說到害怕，我從小怕高大的神像，尤其濃眉巨眼、目露精光的神明。小時候住桃園，常去大廟玩，兩旁大神，我既愛看又怕看，直到長大，還是心有所忌。直到某年，在同安街，看到威風的神像不走了，被摘下來，放在路上休息，孤單，無語，多麼像我的心境。頓時我不再害怕，而這時的我，已經微入中年了。

3

拜捷運站之賜，同安街的前半段以及周邊巷子，住宅逐步都更，愈來愈多低矮小屋為矗立高宅所取代，而若看中來往人潮，想在這個每鋪店面隔得小小的地段開店，並不如想像容易。不知多少店家，前仆後繼，眼看它裝潢開店，又看它鐵門拉下，貼了一個「租」字附帶仲介手機。其中包括賣相很差，一看便知撐不長久的店，但也有口碑不錯如燒臘店，或名氣響亮的台南擔仔麵，都撐不下來。

每有店面倒閉、待租，我輒想像，接手的會是什麼店呢？早些年最希望是一家像樣的咖啡店，因為我家方圓十分鐘路程內，沒有撐得起場面的咖啡店。要去咖啡店，平日多走路沒問題，酷暑行路難，走上十分鐘，沒有騎樓，不死也暈。可惜易手的店，大都是彩券行、飲料店，適者生存的似乎只有這些店。

不過屹立不搖的店也不少，像三六九包子。本來不知道此店來頭，某日經過杭州南路一家賣小籠包、水餃的小吃店，招牌寫著「鼎泰豐的實力，三六九的價格」，才知道我家這邊的三六九頗具名望。

如今，同安街已是我日日必走之路，出門搭捷運，去河濱公園跑步，一定踏在同安街上。離我家一巷之隔的紀州庵，以及周邊的紀州庵文學森林，則是我時常漫步低迴之處。以前哪想像得到，紀州庵這鐵皮圍籬、荒煙蔓草的破落門戶，經整治後，翻身成為古意幽情的靜謐之屋。旁邊建蓋的文學館，把城南的文學風情繪製成畫，這館舍，這綠地，把快速道路的紅塵滾滾擋在外頭。但擋住的豈止是轟隆車聲？人在此處，心沉澱下來，漸漸沉定，沉靜，喧囂紛擾都隔絕在外。若從捷運站走過來沿途所見是一部短片，那麼走到紀州庵文學森林，便是個Happy Ending，而它不需片尾曲，只要風聲、鳥鳴與陽光灑落樹葉的音韻，以及每個人靜下來之後，所聽到的，自己心底的聲音。

廈門街：我與余光中同住一條街

陳昇有一首歌〈來去廈門電頭毛〉，大玩廈門／廈門街的哏，把台商在廈門包二奶，台灣元配的鬱悶，描述得絲絲入扣。網路影片下方留言，或有惑發問，台北真的有一條街叫廈門街嗎？或恍然大悟，原來真的有一條街叫廈門街。

廈門街，很小很短很窄的街，我的戶籍所在，原來這麼微渺。

然而，廈門街三個字又不時現身在文化宣傳裡。若繪製台北城南文學地圖，廈門街是不可缺漏的路名，一方面是地緣關係，廈門街和牯嶺街、同安街、金門街等街道一樣，同在城南，另一方面，詩人余光中作品中多次出現「廈門街」三個字。余光中曾住在廈門街一一三巷八號超過二十年，因此台北城南文學的宣傳文案、資料或掌故，多半會與余光中畫上等號。

然而余光中筆下，關於廈門街的地景描述幾乎為零。余光中作品中，與廈門街最深的連結是「廈門」兩個字。「每天回家，曲折穿過金門街到廈門街迷宮式的長巷短巷，雨裡風裡，走入霏霏令人更想入非非。想這樣子的台北淒淒切切完全是黑白片的味道，想整個中國整部中國的歷史無非是一張黑白片子，片頭到片尾，一直是這樣下著雨。」（〈聽聽那冷雨〉）

從金門街走到廈門街，讓余光中聯想到金門與廈門。他是廣義的廈門人，「二十年來，不住在廈門，住在廈門街，算是嘲弄吧，也算是安慰。」廈門街讓他想起江南，至於廈門街有什麼樣的住戶？什麼商店？哪裡有棵樹，有座橋？不曾出現在詩文裡。

我住廈門街二十餘年，住久了不免好奇，以前的廈門街長什麼樣子呢？一度盼望從余光中或其他資深作家作品裡找到答案，但內容闕如，幸拜網路所賜，對於廈門街的前世今生，不須開口訪問耆老也已略知一二，例如當年許多螢火蟲發光的木橋——螢橋的遺址。

聽說廈門街曾經繁華，後來漸趨沒落。不知繁華是哪個年代的事？我搬來時，廈門街就已是皮鞋街與舊貨街了。如今鞋店幾無存在，賣舊家具與舊家電的舊貨業者反而愈來愈多。近幾年，都更之故，老舊平房一一為高樓大宅所取代，整條街每天都有一兩處地方施工中，新廈樓下仍租給舊貨業者。

中國網站有文，以「在台北的八閩印記」為主題，說起廈門街：「廈門有很多騎樓，台北的廈門街也有，不過這裡的騎樓沒有一點美感，走道上橫七豎八堆放著舊空調、舊冰箱、舊沙發等，有的店家正拿著工具翻新，不時傳來一陣陣噪音。」

文中所說確有其事。儘管新宅棟棟光鮮亮麗，但舊貨堆滿騎樓，居民或許見怪不怪，有的業者卻變本加厲，例如靠近吾家的某店，貨物占用騎樓達三分之二，行路難，入夏時老闆冷氣機放在桌上向內吹，熱氣對著騎樓排放，水濕滿地。如此景象，豈止沒有美感，已是居住品質敗壞。

雖然列名於城南文學街景，但廈門街沒有絲毫文化氣息。與文學有所連結，約因一一三巷，這條巷子，除了是余光中故居所在，洪範、爾雅兩大老字號文學出版社也在這裡。而一一三巷早已不是余光中居住時「幽深而隱密的窄巷」，此巷如今與廈門街主街同寬，是交通要道，完全不像巷子。

牯嶺街：舊書鋪的傳奇與傳說

牯嶺街，這條小小的街，是傳說，是傳奇，是一條充滿象徵意味的街道。它以書街的歷史印記被記憶著，以致至今仍有人帶著從書上讀到的、口耳相傳聽來的印象，前來朝聖，懷想往昔的書街風華。但那已是時空何其遙遠的光采，眼前看不到多少書坊舊事的相關景象。

從我二十五年前搬來台北城南，牯嶺街就不是舊書街了，多數舊書店在更早的四十餘年前，就經政府輔導，移轉到光華商場，書堆擠在濕氣嫌重的地下室裡。而留守於牯嶺街的十餘家舊書店，到如今也僅剩下五家老店——有的行家說四家半，因為有一家假日才開店。而若要說「逛舊書店」，那只有三家半。最古老的一家，書滿為患，一落落以繩子捆綁，堆疊如山，通道僅容側身，要什麼書，報上書名，現年八十多歲、整天坐在門口的老闆轉身進去，用獨門功夫，從書塔中抽出特定一本而不造成土石流，拿給你，就像上網訂書一樣，不用也不能閒逛翻看。其他幾家，沒這麼誇張，但比起窗明几淨、分類清楚、空調與採光俱優，如茉莉書店那樣的現代二手書店，這些舊書店就像傳統雜貨店一樣，保守，沒落，對讀者已沒多少吸引力了。

據說一九六六年起十年間是牯嶺街舊書業極盛時期，一度多達兩百餘家，書攤從牯嶺街延伸到廈門街、福州街的中間一帶。都是據說，我這一輩未曾目睹遑論年輕朋友。從楊德昌電影到舊書店，一切只是傳說，留下傳奇給後人訴說想像。

牯嶺街唯一熱鬧的時候，大概是每年舉辦一兩天的封街市集活動，之後寂寥依舊。牯嶺街不再是舊書街，真要說是什麼街，應該是郵幣街吧。拜郵政博物館之賜，南海路、寧波西街之間的牯嶺街，郵幣社林立，吸引大批同好淘寶。但我對之興趣缺缺，不曾走入。雖然我是舊書店的常客，卻流連在他方，主要是這裡的書店面積狹仄，與老闆靠太近，進門後客人通常就我一個，或許還是幾個時段唯一的客人，不買幾本不忍心，但不一定有書挑中，因此雖有地利之便，反而鮮少踏入。

牯嶺街是散步的好所在，是居住的好地方，靜謐，樸實，安全。儘管豪宅接連興建，幾間日式古屋仍然安坐，商業機制並未進駐，只有小吃店，沒有大餐廳，更無半間娛樂場所。尤其入夜後，沒有店家投射燈光，沒有霓虹燈閃閃爍爍，街燈朦朧照亮前路，門前冷落車馬稀，靜如空城。但不擔心夜路走多會有危險，少年殺人事件已是一甲子前的煙塵往事。

過了汀州路，牯嶺街南段，是我居住的地方，臨近的紀州庵，一片綠地，是我的後花園。走過天橋，通往古亭河濱公園。家離水邊這麼近，我的日常，在這裡。

南昌路：菸酒與球賽，動感與靜態

提到公賣局，我聯想到的，除了菸酒，還有籃球、排球等運動項目。可是菸酒怎會與球賽綁在一塊呢？

以前台北市南昌路有一座公賣局體育館（那時還叫南昌街吧），許多運動比賽在那裡舉行。不少網頁甚至寫到，一九七七年第一屆威廉·瓊斯盃國際籃球邀請賽就在公賣局體育館開打，但這資料恐怕有誤，該項賽事地點應該是中華體育館，且歷屆威廉·瓊斯盃好像不曾在公賣局體育館比過。

不過許多國內體育競賽的確在這裡舉行，從小到大，常在報紙體育版看到「公賣局體育館」這名詞，以致在我還不清楚公賣局是做什麼的時候，就在心裡把公賣局與運動比賽連結起來了。

公賣局體育館如今已改建為大樓，警政署保六總隊在此辦公。隔壁的菸酒公賣局，倒是以國定古蹟的身分存留下來，正式名稱是「臺灣菸酒股份有限公司」，像總統府一樣的紅磚牆建築，華麗典雅。

公賣局，日治時期叫做專賣局。國府接收後，一九四七年，專賣局台北分局查緝員在延平北路取締一名婦人販賣私菸，警民發生衝突，隨後如火燎原，釀成二二八事件。南昌路此棟專賣局總部也受波及，群眾遊行示威。事隔多年，每回經過，總想起書上讀到的記事，仍隱隱感到歷史的傷痛。

南昌路的古蹟多有所用，日本人用來製造樟腦及鴉片的南門工場，現在成為台灣博物館南門園區；孫立人將軍官邸，如今是餐飲空間，兼有藝文展覽。

南昌路與牯嶺街平行，有幾間日式建築，深宅大院，坐落於兩街相通的巷弄之間。但南昌路能令人發思古幽情的，只有博物館、公賣局所在的北段，以南路段，車水馬龍，商店林立，行人熙熙攘攘，川流不息，充滿都會動感，毫無古風。這一帶生活機制齊全，商店多，超商、超市、咖啡店、餐飲店、麵包店、眼鏡行、藥局、電信業，各式消費型態都能滿足住民。

再往南，是家具街商圈，相對之下寂寥得多。也許大家買家具也轉往大賣場了，此地店家還得每年舉辦封街活動造勢拚人氣。時代在轉變，打鐵街、書店街、家具街等，凡以專業特色為名的街，皆漸漸沒落。連補習街，據《聯合報》報導，上世紀六〇年代南陽街補習班一度多達近百間，受少子化影響，榮景不再，「四技二專班僅剩四家，重考班更從全盛時期的四十八家掉為三家。」

對南昌路的最初印象，是剛上大學時，為拜訪傳說中的周夢蝶書攤，循地址找到五號門牌。但怎麼是派出所？當下納悶不已。回家查閱，原來是武昌街，我把武昌誤為南昌，錯看一字，差之數里。

印象中當時南昌街道還很蕭條，曾幾何時已是消費重鎮，也成為我時常晃遊的地段。我外食最多在這裡，採購、喝咖啡在這裡，連每週固定的推拿也在這裡。若非整條南昌路沒有半家書店，我可能整天耗於此地。

獨臂刀與獨臂人

我與武俠片的初戀

若依雛雞幼鴨的銘刻印象，開眼所見，見到誰，就把誰當成媽媽；那麼，一個人各領域最初仰慕的偶像，便具有代表的形象，彷彿某種身分背景的人，必然是那個樣子。於是說到武俠電影的俠客，我想到的便是王羽的樣子，大俠照他的形象表現出來：精瘦、陽剛、憂鬱、傲岸，甚至於一臉鬍渣，正直、果敢、勇猛就更不用說了。（後幾年拍《新獨臂刀》的姜大衛，相對之下略顯陰柔，我怎麼看就不像大俠；俊俏的狄龍因為英氣逼人，是另一款大俠。）

雖然嚴格說來這形象不是王羽本人，而是《獨臂刀》裡他所飾演的男主角方剛，但不管，《獨臂刀》是我看的第一部武俠電影，印象深刻。接著看《大刺客》，聶政行刺壯烈成仁的悲壯，令我動容，大學時在《史記・刺客列傳》與他重逢，我興奮得在心裡喊：「嗨，聶大俠，我認得你，你是王羽。」

後來又看了王羽演的《金燕子》、《神刀》、《獨臂刀王》，他的大俠形象一部一部強化。但最好看的還是《獨臂刀》，片子大賣，引來一陣跟風，一時大俠多斷臂（王羽也從獨臂刀王轉型為獨臂拳王），直到疲態盡露，觀眾倒胃。

臂是獨臂，刀是斷刀，然而《獨臂刀》的精華不在斷了什麼，而是表現出殘缺之美——斷臂斷刀，殘缺的劍譜，飄零的身世。而袖中無臂，刀口無刃的缺點，最後卻化為優點，在決鬥中擊退仇敵，真是精采。

後來沒看王羽電影了。一方面小學畢業後開始暗無天日的中學生活，一方面世界上出現了唐山大兄李小龍，一身肌肉，幾聲嘶吼，動作快猛，猛龍過江，刀劍被拳腿取代了，王羽黯然。但李小龍再勇猛又如何？三年四部半功夫片紅遍全球，卻於三十二歲英年早逝，反觀王羽細水長流，沒那麼紅，卻始終在。大家也不太容易忘記他，他的名字不時出現在社會新聞裡，打架濺血、離婚、再婚、捉姦、展示豪宅等。再於銀幕上見他是《武俠》，甄子丹、金城武、王羽的組合有趣。王羽儘管依然精悍，媒體譽他寶刀未老，但畢竟是老了，誰能不老呢？

拜影碟、網路之賜，我這幾年多次重看《獨臂刀》。《獨臂刀》是我與武俠片的初戀，王羽是最初的大俠，因為初始，所以永遠。

沒有比被冤枉更幹的事

天下沒有比含冤莫白更幹的事了。

聽過太多這樣的故事，一個人被冤枉，說不清，深受刺激，以致憤世嫉俗，步步沉淪，走向江湖不歸路。

含冤，代表他人對你成見已深，既為成見，便動輒得咎，不容於周遭。我小時候每次被父母冤枉，便立志長大後離家出走。直到現在，既有冤屈，仍有念頭從此離開誤解我的人。解釋，是最累的事。

沒有比被誣陷更衰的事了，也沒有比逍遙法外把刑責塞給倒楣鬼更幸運的事。人間總有這麼多的不公平，我從小對這現象義憤填膺，最初印象可能來自電視影集《法網恢恢》。

《法網恢恢》演小兒科醫生康理查開車返家時，看見一名獨臂人從他家裡倉皇跑出。進門發現妻子被殺害死亡。由於之前夫妻爭吵，他被誣為凶嫌，遭判處死刑。季姓警官押解他搭火車，準備前往州立監獄行刑。不料列車脫軌翻覆，他乘機脫逃。此後改名換姓，改變造型，一方面躲避季警官的追緝，一方面追尋真兇，尤其要找到獨臂人，以證清白。就這樣，躲躲藏藏，追追逃逃，一演就是四季一百二十集。

另想到一個插曲。有一陣子不知為何，影集開演前播報員播報片名時，「恢」這字，改念為「ㄎㄨㄟˋ」，法網「灰灰」變成法網「葵葵」，後來才恢復。三十年後，《法網恢恢》曾翻拍為電影《絕命追殺令》。我沒看，但相信絕對不會比我們當時每週固定時間坐在電視機前收看來得過癮。

電影的冤獄一定要扳平，不然令人憤恨，電影沒人要看。《刺激1995》看完大爽，就因為男主角最終挖牆，從下水道逃出來，並且反過來將了凌虐人犯的典獄長與獄卒一軍，一洗十七年怨氣。

著名元劇《感天動地竇娥冤》，含冤的竇娥，臨刑前為表清白，指天立誓，死後將血濺白練，血不沾地。六月天，降下三尺白雪，蓋住屍體。當地三年大旱。果然，天地為她的冤情做了見證。

六月下雪，怎可能？然而，天地不仁，人間無情，司法不分黑白，好人含冤莫白，這世界顛顛倒倒，還有什麼不可能的呢？

不要叫我姊姊，更不能叫我阿姨

1

以「被叫阿姨」為關鍵詞，上網搜尋，筆數十分驚人。自己什麼年齡而被什麼年齡的人喊阿姨；第一次被喊阿姨的感受；如何反制喊人家阿姨；如何調整心情等等討論，非常熱烈。

一聲阿姨，喊碎了多少玻璃心。

在臉書看到，一名婦人帶著兩名國中生年紀的孩子到餐廳用餐，兩名少年一直對女服務生喊「阿姨」，女服務生明白表示，可以叫我姊姊，但是他們還是阿姨長阿姨短，女服務生臉色不太好看。婦人結帳時嗆聲：「我小孩叫妳們阿姨那裡錯了？妳們擺臭臉，我要上網留負評。」臉友紛紛討論，是不是女生真的很在意被叫阿姨？是服務生沒禮貌？還是這位媽媽？

又有一則，天津大學的餐廳貼出公告：「凡年滿十三週歲在校學生，誰再叫我阿姨，立馬拖出去大刑伺候。」據說這名常被叫阿姨的女員工，年僅二十八。公告雖然誇大帶有戲謔成分，但許多女生在意這事，由此可見。

年輕女生被叫阿姨不舒服。但被喊老了，不爽，不是女生專利，男人也一樣。就算真的老了，也不能把人家喊老，這是出社會第一要學會的事。看看演藝圈，即使現在余天七十多歲了，主持、唱歌，生龍活虎，綜藝節目裡，無論男女，年輕小輩一律叫余天余大哥，沒人叫余爺爺、余伯伯、余叔叔，這樣喊以後這節目不用來了。

已過世的孫越，直到八十七歲，還是「永遠的孫叔叔」。而費玉清，過六十了，還是小哥，大哥留給他哥哥張菲當。這幾年費玉清紅遍中國，在那邊節目裡，年輕歌手叫得很甜：費玉清叔叔。相比之下，台灣這方面還真的較有人情之美。

有人不能想像，被叫老了，有這麼嚴重嗎？這得看個人感受，在意的就很在意，但往往說者無心，挑動了對方敏感神經而不自覺。這類失言，不只反應在年齡問題，其他方面都有可能。

2

當年轟動一時的日劇《美麗人生》敘述圖書館管理員杏子（常盤貴子飾），天生有疾，以汽車、輪椅代步，她與髮型設計師柊二（木村拓哉飾）相遇、相戀。儘管她家人反對他們交往，怕情緒起伏影響她的健康，儘管她行動不便，兩人不能親熱，柊二始終不離不棄。

但杏子對自己身體的障礙十分敏感，有一回他們在餐廳用餐後，外頭大雨，只好向餐廳借傘。她在門口等他把她的車開過來，撐著傘的他，隨口一句：「真是麻煩的呀。」

在車上，兩人因故拌嘴，她才把耿耿於懷的事說出來：「剛才說了很麻煩吧？」他先是否認，繼而解釋是指下雨一事。但是，他說，就算真的這樣說了也沒什麼大不了吧？

他忽略了她的敏銳心思，以為她無理取鬧。兩人愈講火氣愈大，最後不歡而散。

3

梁羽生武俠名作《白髮魔女傳》寫道，「玉羅剎」練霓裳因為情傷，遠走邊疆，避居山上。傷了她的卓一航，後來終於放下羈絆，攀山越嶺，尋找她。見到她時，她已是雞皮鶴髮的老婦人。

鶴髮是因為傷心過度，一夜白頭，雞皮其實是戴了面具。卓一航向練霓裳告罪，向她表明決心，此後地久天長永不分離，不管她的樣子變得如何。

卓一航說：「練姊姊，我說過的話絕不會忘記，我一定要為你找尋靈丹妙藥，令你恢復青春。」「我知道這草原上有一種仙花，可令人白髮變黑，返老還童，咱們同去找吧！」

聽到這些話語，白髮魔女會感動涕零，盡釋前嫌嗎？並沒有，她冷笑道：「我可沒有這樣工夫。你對臭皮囊既然如此看重，你自己去找，世間盡有如花美女，與你一同享用。」

卓一航無法理解白髮魔女心情的矛盾。小說寫道：「她既惋惜自己的容顏，但又不願所愛之人提起。」這就是關鍵。很多事情心照不宣，點明了，說破了，就毀了。

4

畢飛宇小說〈青衣〉有這麼一段：知名青衣筱燕秋，十九歲那年，在《奔月》飾演嫦娥，人紅，戲紅。卻在如日中天時與一名資深青衣衝突，此後退出表演，教書去了。沒想到一隔二十年，得到一名企業家贊助，有了復出的機會。

這時的筱燕秋四十歲了，功力猶在，但身形已走樣了。她努力減肥，漸有成效，卻因營養不良，終日恍惚、頭暈、乏力、心慌、噁心，說話氣息弱細，一次排練時居然破音。畢飛宇寫道：「那聲音不像是人的嗓子發出來的，像玻璃刮在了玻璃上，像發情期的公豬趴在了母豬的背脊上。」

其實演員唱多了難免破音，然而，筱燕秋不能忍受，她強作鎮定，連唱幾次，無奈嗓子就是不配合，高音爬不上去。在場每個人都不敢吭聲，不敢看她。這時團長喬炳璋對眾人宣布：「筱燕秋老師感冒了，就到這兒，今天就到這兒了，哈。」

重點來了。表面上喬炳璋打圓場，以感冒為由讓筱燕秋有台階下，她應心存感激吧？錯。結果「筱燕秋淚汪汪地盯著炳璋，知道他的好意。可是筱燕秋就想撲上去，揪著炳璋的領口給他兩個耳光。」

解圍，解尷尬，不是功德嗎？怎落得她想給他兩個耳光？音可以唱破，話不能點破，恬靜當沒發生才是正道，說出來，就等於宣示：「你唱破音了。」不管什麼理由，好強的筱燕秋，心裡就會淌血。喬炳璋無從感受筱燕秋的敏感神經。

本文從「被叫阿姨」講起，好像講的都是女生反應，男生不會嗎？也會，尤其到了中年。那天發現原來免費入場的空間，如今要收門票了。我探頭探腦，躊躇不前，驗票員看著我說：「六十五歲以上免費。」這我知道啊，但為要何對我說呢？不看了。

阿飄三帖

阿飄

《韓非子》有一段：有人為齊王作畫。齊王問：「什麼最難畫？什麼最好畫？」畫家答：「狗、馬最難畫，鬼魅最好畫。」

為什麼呢？因為犬馬常看到，大家熟悉，畫得像不像，一眼就知道，所以難畫。而鬼是無形的，誰也沒見過，怎麼畫都好，所以好畫。

同理可證，鬼故事最好講，真真假假，誰能證明？

但是到底有沒有鬼呢？當兵時，連長召集全連弟兄，這麼問。

那時候我們部隊待在台南市，靠近永康，叫做「四分子」的地方。這個營區，靠近後門之處，有個彈藥庫，設有崗哨，衛兵二十四小時輪流站崗。走出後門，是墳地。有時演習，就近訓練，大夥就在墓園挖散兵坑。

這一帶我還算熟悉，因為當兵苦悶，有時半夜我會走後門，穿越墳地，到附近小街的麵店吃消夜。

有天，一大早部隊又要拉拔出去行軍，但聽說出了一點狀況。半夜三、四點之間，站彈藥庫衛哨的兩名弟兄，分別下衛兵後，突然發燒，全身顫抖，呈現恍神狀態。據問話的士官轉述，他們異口同聲說，站衛兵時看到穿古裝的女子從彈藥庫前方一排榕樹下走過去。不是走過去，是飄過去，沒看到腳移動的樣子。

事情麻煩了。部隊出發在即，只好留下兩位見鬼的士兵。回來再說。

也曾懷疑他們裝病，躲避出操，但那樣子，且高燒不退，是裝不來的。且兩人並非同一時間下衛兵，也不太可能套好說詞。

不知道是不是我們之前作戰演練時，在墳區墓間挖散兵坑，驚擾了長眠於此的人家。三天後連隊返回營區，連長隨即集合全連官兵，在中山室舉行座談會，談論題綱是：「你認為這世界上有沒有鬼？」

我們幾個排長坐在講台上，與全連弟兄分享對鬼魂的看法。沒有套招，沒有提示，大有「闔各言爾鬼」的味道。而我，和其他排長唱反調，說，有鬼。

我補充，雖然有鬼，但人鬼殊途，碰不到一塊，所以我不怕鬼。

問題是若陰錯陽差，人鬼同處於一個空間，且有一方明顯感覺到另一方的存在，便需要化解。

你一言我一語，大家說些什麼，我不記得了。總之，最後連長決議，舉辦祭拜儀式。幾日後，在彈藥庫前，擺一長桌，奉上祭品，連長率連上弟兄祭拜好兄弟，並且派人修剪榕樹鬚根。

我們那位士官，發揮士校畢業的革命軍人本色，連著幾個半夜陪小兵站衛兵，沒什麼發現。阿飄就只那晚被那兩人撞見。

不過此後我深夜走出營房，即使到浴室，也會頭戴小帽。帽上有國徽，聽說國徽避邪。有帽保險，就敢冒險，我還是半夜走後門溜出去，穿越墳地，打牙祭。鬼？管他的。

年輕豪壯，知道有鬼，但覺得不會找我，這是有知之餘的無知，無知讓我勇敢。現在教我夜晚穿越墳地，只為貪吃一口麵，我不幹。

碟仙與紅衣小女孩

人鬼殊途，本來不該同處一個空間，理想狀態是人不犯鬼，鬼不理人，但有時陰錯陽差接在一起，那也沒有辦法。奇怪的是，人有時主動召喚鬼神，想完成一些願望，不管害人或是利己，不問蒼生問鬼神。有時是因為好玩，如碟仙。

以前教書時曾不知為什麼提到碟仙，不料引發高中生的好奇心，在班上流行開來，引起校方注意，要眾導師加強宣導，勿讓學生沉迷於怪力亂神。我這始作俑者心裡不安，怕出什麼事，畢竟聽過不少玩到碟仙請不回去而遭厄運的傳聞。

但為什麼玩碟仙呢？大學時期玩碟仙，有同學問未來妻子的姓名，碟子轉啊轉，轉轉停停，停下三次，合起來是班上一位女同學的姓名。另一同學問什麼時候反攻大陸，碟仙給了二十年後的年份。

準不準？事後證明，不準。同學另娶他人，反攻大陸不成。但怎會巧合拼出同學姓名，又怎會轉出數字呢？又何以有一股力量，驅使手指不由自主的轉動？常有沒玩過的人說是參加者自己手動，夏蟲不可語冰。

然而不論碟仙、筆仙、筷仙、錢仙，這類占卜方式，依眾人經驗，似乎不甚準確，至少不比命相師。既不準何必冒險玩？無非好奇吧。鬼故事、靈異傳聞、雪人、尼斯水怪、外星人、星相學等不可解的神祕事物，正滿足人類好奇心。緣於好奇，我喜歡有真實感的鬼故事，至少當事人認定事實而非編造出來的故事。有一陣子，週末夜晚必守在電視前收看台視《玫瑰之夜》，為的是「鬼話連篇」單元。

單元一開始，主持人會拿出觀眾提供的靈異照片，請通靈人士與暗房攝影專家看照片說話。通靈者有時解說照片裡靈的種類，有時以「山人感受不到靈界的訊息」作結；而暗房專家或破解照相效果，或以「無法解釋」帶過，既不牽強附會，也不自以為是，不像若干精神科醫師只會套用精神疾病理論全盤否定，對某些細節卻提不出令人信服的解釋。

最可怕的一段影帶，不用說，就是紅衣小女孩，後來改編成電影，聽說口碑不錯，劇情不如想像中恐怖，但我至今不敢看。

另有來賓現身說法，講述所遇靈異事件，逼真，精采，很好聽。但到後期，有的講述者的神情令我起疑，有的內容漏洞百出，例如在烈日下墳間看見一個個鬼瞻之在前忽焉在後，又如一女鬼在房間梳頭旋即沉進地板裡，至此感覺索然無趣。我才漸漸不看。

鬼娃娃與三毛的死果

我有路不拾遺的美德。說美德其實是騙人的，真正原因是禁忌。禁忌卻非來自迷信，而是經歷。聽來的，讀到的。

幾十年前，我阿姨好友的女兒青春早逝，阿姨去友人家裡弔唁，帶回女孩生前常抱在懷裡的洋娃娃，放在兒女房間的書架上，與許多雜物擺在一起。

幾天後，兒女三人都說，晚上不敢睡房間裡了。問為什麼，說半夜洋娃娃頭髮變好長，而且眼珠子綠綠的。

洋娃娃本來就長髮，但半夜變得更長。先是姊姊半夜起床尿尿發現，以為眼花，但心有所忌，第二晚醒來特意瞄了一下，仍被洋娃娃的樣子嚇到。姊姊叫醒妹妹和弟弟，三人都看到了。

阿姨斥之為無稽之談，不予理會。幾天後闔家出門，在外過夜，第二天中午返家，發現客廳和兒女房間凌亂。一看就知道遭小偷了。

奇怪的是主臥室反而未遭翻動。而孩子房間，書架上的東西全被翻倒在地，唯洋娃娃完整不動。幸好家裡財物並未損失。

阿姨這才相信，兒女說的洋娃娃怪事不是開玩笑的。阿姨猜想，夜半竊賊進門，在客廳沒搜到東西，便進入孩子房間，邊搜邊扔，後來被洋娃娃的樣子嚇到，倉皇逃走。

幾天後阿姨到廟裡求符，連同洋娃娃燒掉了。於是我知道往生者的遺物不要隨便拿取。

幾年後讀到三毛撒哈拉故事的〈死果〉。

某日，三毛看見地上有一條用麻繩把小布包、心形果核和紅色銅片串起來的項鍊，便順手撿了起來。回家後剪斷麻繩，將有怪味的小布包、果核丟棄，只留下銅片，另外找了一條絲帶，掛在頸子上。不料這一掛，厄運連連。

先是全身睏累，噴嚏打個不停，打到鼻血噴出來。眼前天旋地轉，嘔吐，胃部劇痛，錄音機也突然轉速大亂。一切好似厲鬼附身。

奇怪的是，她先生荷西載她到軍營求救，在診療室忽然安好無恙。但在回家路上，車子煞車不靈，她的下體大量流血。

當地人看到三毛掛著的紅色銅片，驚駭莫名，要荷西趕緊把銅片拿下來。據說這是某種巫術所施的符咒，至毒至厲，被它碰過的人，碰過的物，就會出現異常可怕的現象，幸虧她早把果核、小布包扔了，否則符咒三合一，她早就死了。

這故事太可怕。我寧可信其有。從此我告訴自己，路邊野花不要採，路上東西不要撿。

無法逃脫的悲傷

就像越獄電影總是精采絕倫，動物從動物園裡脫逃的故事，也十分有趣。脫逃故事不只是軼聞趣事，也是時代的記憶。時代不同，對動物權的觀念、動物園設施、管理模式，以及與之相應的種種措施不相同，動物脫逃的機率、原因、管道、下場，也就出現各種版本。

鳥獸蟲魚想從動物園裡脫逃，與囚犯企圖越獄一樣，需要技巧、智謀、膽識與運氣，只要條件成熟、環境配合、能力足夠，就會想逃出牢檻，爭取自由。或許因為鄉愁，涼風起天末，想起曾經在草原上望見一輪夕陽，耳邊響起無邊四方聚攏過來的呼呼風聲，盼望回返彼時彼地；或許好奇於園檻以外，天地之大，世界之奇，究竟如何？或許只是調皮，想遛達，透透氣。於是，一有機會，便溜出檻外。

早期圓山動物園，地小欄仄，動物窩居如困獸，卻因設備簡陋，有機可乘，可脫逃。一九一四年，日治時期，民營圓山動物園開幕不到三個月，一隻鱷魚趁暴風雨來襲，水位高漲，溜了。牠是圓山／木柵動物園史上第一隻逃出柵欄的動物。三年後再度落跑，逍遙園外四個月，但最終還是被捕捉回籠。

八年後，一九二二年，圓山動物園已為官辦，發生一件事更加傳奇。一隻溫室裡的大蟒蛇企圖從汙水排出口水遁，不料出口被封死，轉入溫室另一處，與紅毛猩猩狹路相逢，不但將其勒斃，還吞進肚子裡。這隻印度蟒不想被人類嘲諷「貪心不足蛇吞象」，吞下猩猩總可以吧？數年後此蟒疑似暴食而亡，只不知這回吃了什麼。

如今木柵動物園欄舍結合自然景觀，周遭有深廣壕溝，要脫逃更難，得靠機靈與機智。靈長類最擅長此道，前動物園園長陳寶忠寫道，某間動物園有一天遊客發現黑猩猩漫步於步道，管理員卻不見了。原來黑猩猩趁管理員開門清潔欄舍時衝出去，隨即把管理員反鎖，一如平日管理員所做的動作。而近年來聽到的動物脫逃，多數與管理者疏忽有關，例如忘記將柵欄上鎖之類的。

動物脫逃是本能，但這個本能，也可能為自己招來殺身之禍。二戰末期，日本戰局吃緊，時為盟軍空襲所擾，日本下令帝國內的動物園執行「猛獸處分」政策。平日愛護動物的動物園管理者，此時忍痛含悲成為劊子手，以防止空襲時柵欄遭破壞，猛獸出柙傷害民眾。一九四一年八月此令發布，兩年後八月開始實施，台灣圓山動物園跟進，猛獸先後死於電擊、毒殺或槍斃，戰後猛獸僅餘獅、象各一。象，是瑪小姐，聽聞早已被「處分」，還有些人吃了象肉，此時卻出現在園裡，怎麼回事？牠是圓山動物園唯一的象，除非有未經記錄的大象添購案，否則瑪小姐可能浩劫餘生，或許有心人將之藏匿，或者牠受徵召從軍去。吳明益《單車失竊記》虛實相生敘述了這一段，故事好聽得不得了。

動物園猛獸處分令，是動物輓歌，也是時代悲歌。國府遷台之後，兩岸情勢詭譎，全台定期舉行軍民聯合防空演習。若遭空襲，動物園怎麼辦？也要殺害猛獸嗎？不，動物園一位資深技師說，動物園建造的鐵籠非常堅固，空襲時只要將獅、虎、豹等猛獸驅入籠內，即使獸柵被炸，牠們也無法逃跑出來傷人。

此話說於七十幾年前，如今科技更進步，材質想必更穩固，炸壞沒那麼容易。然而反過來說，現代戰爭破壞力更強烈，動物逃不出去，只能自求多福，不幸者不是餓死就是被炸死。伊斯蘭國（IS）占領伊拉克摩蘇爾期間，摩蘇爾動物園許多動物死於炮火和飢餓。國際愛護動物組織 Four Paws 展開醫療救助。透過報導照片，我們看到受傷動物奄奄一息、皮破血流的樣子，令人不忍。

除了鳥類尚可遠走高飛，其餘走獸，無論靈巧笨重，皆難逃被逮回來的命運。但就算脫離欄舍，溜出園子，放眼整座都市叢林，逃了何去何從？出去難，出去後如何不被逮回來更難，而何去何從，則是難上加難。原來的棲息地早遭破壞，不利生存，生命又被貪婪獵殺的人類所威脅，以致動物從某些棲息地絕跡不說，有的甚至於絕種了。二〇一八年三月，世上最後一頭公的北非白犀牛（白犀的一個亞種，又稱北部白犀牛）在肯亞保護區死去，目前世間只剩兩隻北非白犀牛，都是母的。此亞種幾乎可說將要絕種。

白犀牛招誰惹誰了？還不是那根犀牛角，被視為名貴藥材，一角殃及性命，慘遭獵殺，一如象牙、貂皮。

動物園裡的動物，因為受傷、遭棄養、棲息地受破壞等不同原因，來到動物園，有的繁衍後代，有的絕後。除了少數幸運兒，大多數終老於園，然而脫逃不了不是最大的悲傷，而是自然環境生態遭到破壞之後，那份「我們回不去了」的現實。

YLM 35

我喜歡這樣的生活

作　者　**果子離**

總 編 輯　黃靜宜
主　　編　蔡昀臻
封面設計　日央設計
美術編輯　丘銳致
行銷企劃　叢昌瑜

發 行 人　王榮文
出版發行　遠流出版事業股份有限公司
地　　址　104005台北市中山北路一段11號13樓
電　　話　（02）2571-0297
傳　　真　（02）2571-0197
郵政劃撥　0189456-1
著作權顧問　蕭雄淋律師
輸出印刷　中原造像股份有限公司
2021年7月1日　初版一刷
定價 330元

ISBN 978-957-32-9190-9
遠流博識網 http://www.ylib.com　E-mail: ylib@ylib.com

國家圖書館出版品預行編目 (CIP) 資料

我喜歡這樣的生活 / 果子離著 . -- 初版 . -- 臺北市 :
遠流出版事業股份有限公司 , 2021.07
面；　公分
ISBN 978-957-32-9190-9(平裝)

863.55　　110009187